Die Tote vom Mangoldfelsen

Wer ermordete Ella Seelmann?

Die Tote vom Mangoldfelsen

Wer ermordete Ella Seelmann?

Ein Donau-Ries Krimi von

Günter Schäfer

Bibliografische Information der Deutschen Nationalbibliothek:
Die Deutsche Nationalbibliothek verzeichnet diese Publikation in der Deutschen Nationalbibliografie; detaillierte bibliografische Daten sind im Internet über http://dnb.dnb.de abrufbar.

© 2019

Herstellung und Verlag: BoD – Books on Demand, Norderstedt

ISBN: 978-3-7504-0890-6

1. Kapitel

Das Leben von Peter Maurer verlief bisher relativ unspektakulär. Als Sohn eines ganz normalen Arbeiterehepaares hatte er schon einige Höhen und Tiefen durchgestanden. Mit seinen fünfundzwanzig Jahren wusste er bereits, dass das Leben kein Zuckerschlecken war und nicht nur aus Sonnentagen bestand.

Mit fünfzehn Jahren hatten ihn seine Eltern darüber aufgeklärt, dass er nicht ihr leiblicher Sohn ist, sondern im Alter von nur wenigen Tagen von ihnen adoptiert worden war. Eine Erkenntnis, wenn nicht gar ein kleiner Schock, die einen so jungen Menschen in der Pubertät zunächst einmal intensiv zum Nachdenken bringt. Wo komme ich her, warum lebe ich bei einer anderen Familie, wo sind meine leiblichen Eltern? Wobei manche Betroffene aus Enttäuschung nur von ihren Erzeugern sprechen.

Dabei war es in keiner Weise so, dass Peter während seiner Kindheit zunächst irgendetwas vermisst hätte. Er war gut behütet aufgewachsen, brachte auch die Schule mit ordentlichen Ergebnissen hinter sich, da ihm das Lernen im Grunde genommen recht leichtfiel. Lediglich die Tatsache, dass die Familie keine großen Reichtümer besaß und sich dadurch nicht alle Jugendträume verwirklichen ließen, nagte manchmal etwas an ihm. Hatten die Schulkameraden oftmals die neuesten Klamotten oder technischen Geräte zu eigen, musste Peter hier meist passen. Erstens waren seine Eltern nicht gerade sonderlich vertraut mit diesen technischen Dingen, zweitens gab es ihrer Ansicht nach Wichtigeres, als den modernen Schnickschnack.

Eine gesunde Grundlage im Leben ist mehr wert, als immer nur dem neuesten Trend hinterherzulaufen, war ein Satz, den er in solchen Situationen von den Eltern zu hören bekam. Das kleine Häuschen sollte komplett schuldenfrei sein, wenn man sich schon in ein paar Jahren zur Ruhe setzen würde, sodass man im Alter wenigstens in dieser Richtung abgesichert war. Außerdem würde es ja auch ihm selbst einmal zugutekommen, wenn er sich später um ein Dach über dem Kopf keine großen Sorgen zu machen brauchte. Einzig den Luxus, dass Peter das Gymnasium besuchen und im Anschluss studieren konnte, hatten sie sich geleistet. Die neue Computeranlage mit Internetanschluss bekam er zum bestandenen

Abitur. Dass seine Eltern deshalb ihren schon seit längerem geplanten Urlaub verschieben mussten und der alte Wagen in der Werkstatt nochmal durch den TÜV gepeitscht wurde, war ihm erst später so richtig bewusstgeworden, da diese Dinge in den meisten Familien bereits zur grundlegenden Alltagsausstattung gehörten.

Den Nebenjob, der er sich während seines Studiums gesucht hatte, um sich das Geld für den Führerschein zu verdienen, verschwieg er seinen Eltern. Er wusste, dass es für sie nicht einfach war, ihrem Sohn nur immer das Notwendigste zu ermöglichen. Dies alles trug in Peters Augen, wie er später feststellte, unter anderem wohl auch dazu bei, dass er nie einen sonderlich großen Freundeskreis sein Eigen nennen konnte. So saß er die meiste Zeit an seinem PC und betrieb Recherchen zu seinem aktuellen Studienthema über die ‚Armutsgrenze im ländlichen Raum'. Beim Lesen mehrerer Betrachtungen von unterschiedlichen Institutionen konnte er feststellen, dass sich dieses Thema sehr breitgefächert darstellte. Die meisten Verfasser dieser Berichte kamen auf ein gemeinsames Fazit, dass Armut nämlich nicht alleine auf das Einkommen oder den materiellen Besitz zurückgeführt werden könne. Vielmehr spielen auch soziale Kompetenz und gesellschaftliches Ansehen eine nicht ganz unerhebliche Rolle dabei.

Da es sich in Peters Augen dabei doch um ein recht theoretisches und trockenes Thema handelte, versuchte er, es etwas aufzulockern, indem er im Netz nach sogenannten gutsituierten Menschen suchte. Familien, denen auf den ersten Blick schon anzusehen war, dass man sie zu den sogenannten besseren Kreisen der Gesellschaft rechnen durfte. Unzählige Beispiele zeigten sich ihm auf. Vor allem die schillernde Promiszene verstärkte den Neidfaktor beim Betrachten der eigenen Situation.

Doch nicht nur in den Reihen der Stars und Sternchen wurde Peter fündig. Auch ganz normale, besser gestellte Familien weckten sein Interesse aufgrund ihres gesellschaftlichen Aufstiegs. Es brachte ihn dabei des Öfteren zum Schmunzeln, dass in manchen Fällen schon beim Namen entsprechende Rückschlüsse auf deren Lebensstandard gezogen werden konnten. Einer dieser Namensträger, auf den er bei seiner Suche stieß, war die Familie Goldstein, die im nordschwäbischen Donauwörth ansässig war. Es gab auch eine eigene Webseite, die Peter neugierig etwas genauer unter die Lupe nahm. Er fand heraus, dass sich die Goldsteine, wie er sie nach einiger Zeit für sich selbst nannte, mit ihren Immobiliengeschäften einen einschlägigen Namen und dadurch auch ein entsprechendes Vermögen geschaffen hatten.

Als Peter ein Foto des Ehepaares Goldstein betrachtete, schien es sich auf den ersten Blick um ganz unspektakuläre Menschen zu handeln. Sie stellten sich in keiner Weise protzig oder aufgedonnert dar, wie man es von gehobenen Kreisen oftmals erwartete. Und doch beschlich ihn dabei ein etwas seltsames Gefühl. Beinahe so, als hätte er eine besondere Beziehung zu den auf den Bildern dargestellten Personen.

2. Kapitel

Der Wecker zeigte kurz nach Mitternacht an, als der Augsburger Oberstaatsanwalt Frank Berger durch das penetrante Klingeln seines Mobiltelefons unsanft aus den Träumen gerissen wurde. Schlaftrunken griff er nach dem auf dem Nachttisch liegenden Gerät, war jedoch schlagartig hellwach, als er den Rufnamen der Bereitschaftspolizei auf dem Display erkannte. „Ja, Berger hier. Was gibt's denn?", fragte er den unbekannten Anrufer.

„Verkehrsbereitschaft, Polizeikommissar Ostler", kam die Antwort. „Wir haben Meldung von den Kollegen erhalten, dass es auf der A8 kurz hinter der Anschlussstelle Adelsried in Richtung Augsburg an der Baustelle Grünbrücke-Römerberg einen Unfall mit zwei Toten gab. Laut Mitteilung der Kollegen vom Rettungsdienst ist wohl nur ein Fahrzeug beteiligt, bei dem beide Insassen leider verstorben sind. Die Einsatzkräfte haben die Unfallstelle gesichert und warten nun noch auf die Staatsanwaltschaft."

Frank Berger war bereits auf dem Weg ins Badezimmer, als er zur Antwort gab: „In Ordnung. Ich werde mir nur kurz ein paar Hände voll Wasser ins Gesicht werfen. Bin schon so gut wie auf dem Weg."

Damit beendete er das Gespräch, das ihn wieder mal seiner wohlverdienten Nachtruhe beraubt hatte und machte sich einige Minuten später auf den Weg zu seinem Dienstwagen. Das mobile Blaulicht auf dem Dach befestigt, benötigte er von zu Hause aus nur etwas mehr als eine Viertelstunde, bis der beschriebene Unfallort erreicht war. Schon von weitem erkannte Frank Berger die von den Einsatzkräften gut ausgeleuchtete Umgebung. Wie ihm der Kollege von der Einsatzzentrale auch mitgeteilt hatte, erkannte er auf den ersten Blick nur ein einziges Unfallfahrzeug, das auf Höhe der Grünbrücke völlig demoliert auf der Anhöhe hinter der ramponierten Leitplanke auf dem Dach zum Liegen gekommen schien.

Nachdem der Oberstaatsanwalt seinen Wagen im Baustellenbereich abgestellt hatte, erkannt er auch den bereits wartenden Leichenwagen. Eine leichte Gänsehaut kroch ihm den Rücken hinunter, denn trotz seiner langjährigen Tätigkeit bei der Staatsanwaltschaft machte ihm die Anwesenheit dieser Fahrzeuge auch immer wieder bewusst, wie endlich das Leben doch sein kann. Er schüttelte sich kurz und begab sich sogleich schnellen Schrittes zu den Kollegen der Verkehrspolizei, die ihn zum Unfallfahrzeug begleiteten.

„Glücklicherweise, wenn man das in dieser Situation überhaupt so sagen kann, war zum Zeitpunkt des Unfalls wenig Verkehr im Baustellenbereich", erklärte einer der Polizeibeamten. „Es gab zwei weitere Fahrzeuge, die laut Aussage der Insassen einen ausreichenden Sicherheitsabstand hielten. Das Ehepaar Wilhelm und Erika Maurer, wie wir auf Grund der gefundenen Papiere feststellen konnten, hatte es wohl eilig oder der Fahrer war unaufmerksam geworden. Vielleicht ist er auch eingenickt. Anders kann sich der Notarzt das Ganze hier im ersten Moment nicht erklären."

„Danke, Herr Kollege", antwortete Frank Berger und begab sich nun direkt zu den Mitarbeitern des Rettungsdienstes, die trotz aller Routine bei solchen Geschehnissen sichtlich betroffen neben dem verunglückten Wagen warteten. Der Oberstaatsanwalt begrüßte die Männer mit Handschlag und sah fragend auf den anwesenden Notarzt.

„Die beiden Insassen hatten keine Überlebenschance", hörte Frank Berger dessen Erklärung. „Die Kiste ist aller Wahrscheinlichkeit nach mit ziemlich viel Speed hier heraufgeflogen. Wobei ich mir das nur so erklären kann, dass der Fahrer mit dem Fuß auf dem Gaspedal wohl eingeschlafen und hängengeblieben ist. Es käme auch ein Infarkt infrage, bei dem der Körper verkrampft, oder …"

„Oder er hat mit Absicht Gas gegeben", führte der Oberstaatsanwalt nach kurzem Überlegen den nicht beendeten Satz des Notarztes zu Ende.

„Was veranlasst sie denn zu dieser Annahme? Gibt es irgendwelche Anzeichen dafür?", wollte er wissen.

„Naja", meinte der Arzt. „Wenn man meiner Meinung nach das vorgeschriebene Tempolimit in der Baustelle einigermaßen einhält, würde sich ein Fahrzeug bei diesem ansteigenden Gelände möglicherweise überschlagen, danach jedoch eher wieder auf die Fahrbahn zurückstürzen. Es muss also schon eine nicht unerhebliche Geschwindigkeit vorhanden gewesen sein."

Frank Berger drehte sich um und betrachtete sich das Gelände neben der Autobahn. Die im Scheinwerferlicht trotz der Dunkelheit erkennbaren Spuren, sowie der ramponierte Wildschutzzaun deuteten darauf hin, dass der Notfallmediziner mit seiner Annahme nicht ganz Unrecht hatte. Das Auto des verstorbenen Ehepaares ließ auf den ersten groben Blick lediglich erkennen, dass es sich hierbei um ein Modell älteren Baujahres handelte.

„War von den beiden Personen noch jemand ansprechbar, als sie hier eintrafen?", wollte Berger nun vom Notarzt wissen.

„Nein", kam dessen Antwort umgehend. „Ich konnte leider nur den Tod beider Insassen feststellen. Da haben auch die Airbags keinen ausreichenden Schutz geboten. Auf den ersten Blick dürfte es sich aller Wahrscheinlichkeit nach in beiden Fällen um Genickbruch handeln, da kaum größere, offene Verletzungen zu erkennen sind. Das ist allerdings nur eine erste, vage Annahme und muss natürlich noch genau untersucht werden."

„Schon seltsam", murmelte der Oberstaatsanwalt nach einem Blick auf die beiden Toten, die von den Sanitätern neben das Fahrzeug gelegt und mit einer Schutzplane bedeckt waren. „Die beiden sind doch kaum älter als Mitte fünfzig, wenn mich meine Menschenkenntnis nicht täuscht", meinte er, wobei er die kurz angehobene Plane wieder zurücklegte und sich erhob. Er schien einige Sekunden nachzudenken, bevor er weitersprach. „Ich kann mir schwer vorstellen, dass man in dem Alter so mir nichts, dir nichts einfach sein Leben wegwirft."

Mit einem kurzen Blick auf den Arzt fügte er noch hinzu: „Aber wer kann schon in die Köpfe oder die Herzen anderer hineinschauen. Aber trotzdem …"

Er winkte mit einer kurzen Handbewegung einen der Polizeibeamten zu sich. „Das Fahrzeug lassen sie bitte in die Kriminaltechnik bringen, die beiden Toten kommen in die Gerichtsmedizin. Ich hoffe, das ist auch in ihrem Sinne, Herr Doktor, nachdem die Ursache ja doch wieder einmal nicht eindeutig zu sein scheint."

„Selbstverständlich", erwiderte der Angesprochene. „Ich werde meinen Bericht verfassen und ihn schnellstmöglich den Kollegen der Rechtsmedizin zukommen lassen."

Mit diesen Worten verabschiedeten sich die Rettungskräfte und verließen kurz darauf den Unfallort in der Hoffnung, dass es der einzig schwere Einsatz in dieser Nacht bleiben würde.

3. Kapitel
Zwei Jahre später

Die Villa der Goldsteins lag an einem kleinen Südhang im Donauwörther Stadtteil Zirgesheim. Von außen gesehen hätte man auf den ersten Blick nicht vermutet, dass es sich um ein luxuriös ausgestattetes Anwesen handelte, denn die Eigentümer legten zwar Wert auf ihren geschäftlichen Erfolg und ein dadurch sorgenfreies Leben, prahlten aber keineswegs damit in der Öffentlichkeit. Sie genossen ganz einfach diesen Umstand, auf der Sonnenseite des Lebens zu stehen.

Maximilian und Stefanie kannten sich schon seit ihrer Studienzeit. Sie hatten sich auf einer der üblichen Studentenpartys das erste Mal gesehen, wobei schon nach kürzester Zeit für alle feststand: Die Beiden geben das ideale Paar ab. Sie merkten schon nach wenigen Tagen, dass sich abgesehen von den unterschiedlichen Studienfächern ihre Interessen beinahe alle auf der gleichen Wellenlänge befanden. So wunderte es in ihrem Freundeskreis auch niemanden, dass sich die beiden schon nach wenigen

Monaten verlobt hatten und nur zwei Jahre später vor den Altar traten, um den Bund fürs Leben zu schließen.

An diesem sonnigen Herbstmorgen trat Stefanie Goldstein auf die Terrasse hinaus, wobei sie sich etwas darüber wunderte, dass es sich ihr Sohn Jakob bereits in einem der kaffeebraunen Korbsessel bequem gemacht hatte und mit geschlossenen Augen scheinbar vor sich hindöste. Sie stellte das mitgebrachte Tablett mit dem Kaffeegeschirr, frisch aufgebackenen Croissants und einer Karaffe Orangensaft auf dem Tisch ab.

„Guten Morgen, Jakob, du bist schon wieder auf?", fragte sie etwas erstaunt, als dieser seinen Kopf hob und sich nach ihr umdrehte. Wer Stefanie Goldstein kannte, der hätte in dieser Frage einen leicht sorgenvollen Ton herausgehört.

„Guten Morgen", antwortete er. „Ja, ich wollte einfach nicht mehr länger im Bett liegen bleiben, nachdem ich aufgewacht war und nicht mehr einschlafen konnte."

„Ich bin gleich wieder bei dir", meinte seine Mutter. „Ich hole nur kurz den Kaffee."

Wenige Augenblicke später nahm sie ihrem Sohn gegenüber am Tisch Platz, Sie schenkte die beiden

Tassen ein und nahm sich eines der Gebäckstücke aus dem bereitgestellten Korb. Mit nachdenklicher Miene betrachtete sie ihren Sohn, der über den Rand seiner Kaffeetasse hinweg in die Ferne starrte. Jakob hatte zwar seit einiger Zeit eine eigene Wohnung, übernachtete aber immer wieder einmal im Elternhaus. Dies geschah meist auf ihren Wunsch, da sie sich manchmal einsam fühlte, wenn Jakobs Vater mal wieder geschäftlich im Ausland verweilte.

„Mir fällt es in letzter Zeit häufiger auf, dass du nicht mehr so lange schläfst. Außerdem scheinst du mir irgendwie unzufrieden oder nervös zu sein. Gibt es da irgendetwas, weshalb dein Vater und ich uns Sorgen machen müssten, Jakob? Hast du gesundheitliche Probleme? Du weißt doch, dass du zu jeder Zeit mit uns sprechen kannst, egal, was es auch sein sollte."

Jakob Goldstein stellte seine Tasse auf dem Tisch vor sich ab und versuchte, ein Lächeln auf seine Lippen zu bekommen. „Ja, ich weiß, Mom", antwortete er, indem er sich umdrehte und dabei seine Arme lässig vor dem Oberkörper verschränkte. „Mach dir keine Gedanken, es ist in dieser Hinsicht alles in Ordnung. Nichts, worüber ihr Euch Gedanken machen müsstet."

„Wie kann ich das denn jetzt verstehen?", fragte Stefanie Goldstein nach. „In dieser Hinsicht, wie du es formulierst, ist nicht unbedingt eine beruhigende Antwort für eine Mutter. Ich sehe doch, dass da etwas ist, das dich bedrückt oder zumindest sehr nachdenklich macht."

„Es ist wirklich nicht schlimm", versuchte Jakob nach einigen Sekunden Stille zu erklären, während er seiner Mutter ins Gesicht sah. Diese hatte jedoch das Gefühl, als würde ihr Sohn durch sie hindurchsehen.

„Nun rück schon endlich raus mit der Sprache", drängte sie ihn weiter. „Da ist doch etwas, das dir keine Ruhe lässt. Ich kenne dich nun schon seit mehr als 23 Jahren. Du kannst mir so leicht nichts vorspielen."

Jakob zögerte noch immer, schien nicht so recht mit der Sprache herausrücken zu wollen. Doch nachdem seine Mutter nicht lockerließ, gab er seine Zurückhaltung schließlich auf.

„Habt ihr eigentlich nie darüber nachgedacht, außer mir noch weitere Kinder zu haben?", rückte er nun mit der Sprache heraus. „Ich habe mich in letzter Zeit des Öfteren gefragt, wie mein Leben wohl verlaufen würde, wenn ich einen Bruder, eine Schwester, oder auch beides haben würde."

Für einen Augenblick schien für Stefanie Goldstein die Zeit still zu stehen. Mit jeder Frage oder Erklärung für Jakobs beinahe seltsames Verhalten in der letzten Zeit hatte sie gerechnet, nicht jedoch mit dieser. Sichtlich irritiert nagte sie an ihrer Unterlippe, hatte sich jedoch schon kurz darauf wieder in der Gewalt.

„Deine Frage ist sicherlich berechtigt, Jakob", begann sie zu antworten. „Ich will versuchen, es dir zu erklären. Für deinen Vater und mich war es im Grunde genommen von Anfang an klar, dass die Familie nur aus uns beiden und einem Kind bestehen würde. Nachdem wir beide viele Jahre geschäftlich, wie man so schön sagt, in der Weltgeschichte herumgefahren sind, um zahlungskräftigen Kunden ihren Traum von einer Luxusimmobilie zu erfüllen, wäre es in unseren Augen nicht vertretbar gewesen, mehr als ein Kind großzuziehen. Wir waren froh darüber, dass sich die Geschäfte so gut entwickelt haben, denn so konnte ich beinahe von Beginn der Schwangerschaft an zuhause bleiben. Doch nachdem ich in dieser Zeit gesundheitlich mit einigen Problemen zu kämpfen hatte, sahen wir uns in dieser Hinsicht bestätigt, es bei nur einem Kind zu belassen. Ich hatte einfach nicht die Kraft dazu, mehrere großzuziehen."

Stefanie hoffte, dass Jakob sich mit dieser Erklärung zufriedengeben würde. „Wir können aber gerne auch noch einmal mit deinem Vater darüber sprechen, sobald er aus den Staaten zurück ist", fügte sie noch hinzu, um ihrem Sohn den Willen zu zeigen, seine Fragen vollständig zu beantworten. Auch, wenn ihr dabei alles andere als wohl zumute war.

„Entschuldige bitte", meinte Jakob und versuchte, die sichtlich unangenehme Situation für seine Mutter zu beenden. „Versteh' mich bitte nicht falsch, Mom. Aber die Vorstellung, dieses angenehme und sorgenfreie Leben mit jemandem zu teilen, beschäftigt mich schon seit einiger Zeit. Natürlich habe ich Freunde, auch das weibliche Geschlecht scheint mir mehr als zugetan, wobei mir klar ist, dass dies wohl auch mit unserem Wohlstand zu tun hat. Aber, so die kleinen Geheimnisse mit jemandem zu teilen, sich über das eine oder andere Erlebnis oder Vorhaben auszutauschen, vermisse ich irgendwie. Auch wenn ich weiß, dass ihr beiden jederzeit für mich da seid."

Jakob sah, dass er mit diesem Thema bei seiner Mutter wohl eine emotionale Grenze erreicht hatte.

So brach er seinen Redeschwall abrupt ab und erhob sich, um ins Haus zurückzugehen. Auf dem Weg zur Terrassentüre machte er noch einmal kurz Halt, drehte sich um und fasste seiner Mutter sanft an die Schultern. „Mach dir aber jetzt deswegen keine allzu großen Gedanken. Ich wollte nur einmal ausgesprochen haben, was mich in letzter Zeit manchmal beschäftigt. Im Grunde genommen gefällt mir dieses Leben ja. Und ein Bruder würde mir heute Abend auf der Geburtstagsfeier wohl nur die hübschen Mädels ausspannen." Mit diesen Worten drehte er sich um und ließ seine nachdenkliche Mutter alleine am Frühstückstisch zurück.

4. Kapitel

Achim Schachter reichte seinen ehemaligen Kollegen des Augsburger Polizeikommissariats ein Sektglas, um mit ihnen auf seinen neuen Aufgabenbereich anzustoßen. Nachdem die offizielle Ansprache des stellvertretenden Polizeipräsidenten vorüber war und sich dieser aus dienstlichen Termingründen bereits wieder verabschiedet hatte, saß Schachter noch mit einigen seiner neuen, sowie auch ehemaligen Kollegen zusammen.

„Gratuliere nochmals zur Beförderung zum Dienststellenleiter, Herr Polizeioberkommissar", meinte Peter Neumann fröhlich in die Runde der Anwesenden und hob sein mit Orangensaft gefülltes Glas in die Höhe. „Da ich im Dienst bin, muss ich mich leider mit O-Saft zufriedengeben", sprach er und stieß mit Achim Schachter an.

„Naja", gab dieser lachend zurück. „Nur keinen gespielten Neid. Wir wissen doch wohl alle, dass du letztes Jahr zum Oberkriminalen befördert worden bist. Da steht immer noch der obligatorische Beförderungsumtrunk aus. Habe ich Recht, Kollegen?", fragte er grinsend in die Runde, was ihm eine laut-starke Bestätigung entgegenbrachte.

Der Augsburger Kriminaloberkommissar verdreht die Augen und hob beschwichtigend seine Hand.

„Ist ja gut. Ich habe verstanden", lachte er zurück. „Wir werden uns abstimmen, um einen gemeinsamen Abend zu finden. Aber ihr wisst ja selbst, dass es schwierig ist, immer alle mit dienstfreier Zeit unter einen Hut zu kriegen", wobei er zur Bestätigung mit dem Finger gegen sein Glas tippte.

„Ach, das sehen wir sicher nicht als Problem, oder?", fragte einer der Kollegen in die Runde. „Wir können das auch gerne auf zwei oder drei Termine aufteilen. Dein Gehalt wurde doch bestimmt gleichzeitig mit dem Dienstgrad angehoben."

Beifall begleitete diese Ansage, sodass es im ersten Moment niemand bemerkte, wie eine weitere Person den Raum betrat.

„Tut mir leid, dass ich ihre kleine Feierlichkeit unterbrechen muss, aber wir haben soeben über die Einsatzzentrale einen Notruf hereinbekommen. In der Promenade wurde am Mangoldfelsen eine weibliche Leiche entdeckt."

Diese Ansage, die zunächst für einige Sekunden

Totenstille hervorrief, beendete abrupt das gesellige Zusammenkommen und ging in den routinierten Dienstablauf über. Peter Neumann, der trotz manch brisanter Situation immer zu einem kleinen Scherz aufgelegt war, stand an Achim Schachters Schreibtisch gelehnt und versuchte, diese akute Unterbrechung dieses Abends zu entschärfen.

„Hat schon jemand die Polizei verständigt?", fragte er den neu hinzugekommenen Beamten, der ihn sogleich nur verdutzt ansah. Der neue Dienststellenleiter der Donauwörther Polizeiinspektion trat an seinen Schreibtisch heran, wobei er Peter Neumann zur Seite schob.

„Scherzkeks, geh mal aus dem Weg", meinte er und fügte mit etwas lauterer Stimme hinzu: „Für alle nicht alkoholisierten Kolleginnen und Kollegen gilt ab sofort: Einsatz", stellte er unmissverständlich klar, wobei er die Order ausgab, dass sich unverzüglich zwei Streifenwagen auf den Weg zum Fundort zu begeben hatten. Mit einem kurzen Blick auf Peter Neumann sagte er nur: „Willkommen in meinem Revier. du darfst uns begleiten."

„Nett von dir", kam die Antwort des Kriminaloberkommissars, der mit einem leisen Seufzer sein Glas auf der Schreibtischplatte abstellte. „Womit habe ich dieses Vertrauen verdient", murmelte er nachdenklich vor sich hin, als er dem Kollegen folgte und sie kurz darauf das Gebäude in der Kapellstraße verließen.

Nur zwei Minuten später tönte das Signal des Martinhorns durch die Donauwörther Reichsstraße. Das Blaulicht zuckte gespenstisch über die Fassaden der Geschäftshäuser. Nachdem die Einsatzfahrzeuge kurz darauf in die Jennisgasse abbogen, erkannten die Polizeibeamten, dass der Innenhof der dort stationierten Rettungswache hell erleuchtet war. Einer der Sanitäter winkte die Fahrer hinunter in Richtung Kaibach, vor dem die kurze Zufahrt zur Promenade nach rechts abzweigte.

Die Anwohner in der unmittelbaren Umgebung des Donauwörther Pflegezentrums, sowie die Bewohner des dort ansässigen Seniorenheimes waren es seit jeher gewohnt, dass sie immer wieder einmal durch Martinshorn und Blaulicht aus ihrer Abendruhe oder dem Schlaf gerissen wurden. Ungewöhnlich war in diesen Minuten nur deren Intensität. Es hatten sich nach kurzer Zeit bereits einige Neugierige vor dem Pflegezentrum eingefunden, die aufgeregt miteinander diskutierten. Auch die sich nach und nach erhellenden Fenster in den Zimmern der

Seniorenheimbewohner deuteten darauf hin, dass es sich hier wohl um mehr als einen der gewohnten Rettungseinsätze handeln musste.

5. Kapitel

Ella Seelmann lehnte sich mit dem Kopf gegen die Scheibe des Fensters, aus dem sie auf die Promenade hinunterschauen konnte. Mit ihren achtundsiebzig Jahren war sie sich bewusst, dass sie den größten Teil ihres Lebens bereits hinter sich hatte. Sie konnte auf eine schöne, wenn auch arbeitsreiche Zeit zurückblicken, auch wenn ihr das Zurückdenken zunehmend schwerer fiel.

Vor etwa zwei Jahren hatte sie die Veränderung an sich bemerkt. Zunächst waren es nur einzelne Namen oder Worte, die ihr nicht mehr so schnell in den Sinn kamen, was sie allerdings auf ihr zunehmendes Alter schob. Nachdem sich diese kleinen Aussetzer jedoch mehr und mehr auch in Gesprächen mit Freunden, Bekannten und Nachbarn bemerkbar machten, entschloss sie sich letztendlich für eine fachärztliche Untersuchung. Das Ergebnis, das sie insgeheim schon befürchtet hatte, bestätigte leider die Diagnose: fortschreitende Altersdemenz. Trotz der vom Arzt verordneten Medikation, die zu einer Verzögerung des Krankheitsverlaufs beitragen sollte, bereitete sich die alte Dame innerlich auf den Abschied aus ihrem aktiven Leben vor. Nicht, dass Ella Seelmann sich mit dem Gedanken trug, ihrem Dasein selbst ein Ende zu setzen. Sie wollte vielmehr auf den Zeitpunkt vorbereitet sein, an dem sie nicht mehr in der Lage war, ihre alltäglichen Dinge selbst zu entscheiden. Nachdem sie keine direkten Angehörigen mehr besaß, entschied sie sich dazu, ihre Wohnung in der Donauwörther Parkstadt aufzugeben und sich um einen Platz im Pflegezentrum zu bemühen.

Mehr als vierzig Jahre lang hatte Ella, die mit richtigem Namen Elvira hieß, als Hebamme so manchem Menschen dabei geholfen, das Licht dieser Welt zu erblicken. Wie viele es genau waren, darüber hatte sie sich nie wirklich Gedanken gemacht. Für sie war stets nur ein Satz wichtig, der sie in ihrem Tun bestätigte: Mutter und Kind sind wohlauf.

Natürlich gab es auch die eine oder andere Situation, in der sie dem Verzweifeln nahe war. War das Neugeborene etwa gesundheitlich beeinträchtigt, vielleicht gar behindert, tat Ella Seelmann stets alles in ihrer Macht Stehende, um die betroffenen Eltern möglichst behutsam darauf vorzubereiten. In den Anfangsjahren ihrer Tätigkeit gab es im Gegensatz zur heutigen Zeit kaum Möglichkeiten, solche Dinge während der Schwangerschaft genau vorherzusehen. Auch beschränkte sich die Arbeit als Hebamme in ihren letzten aktiven Jahren zunehmend auf die Schwangerschaftsbegleitung, da sich immer mehr Frauen dazu entschieden, das Kind nicht auf natürliche Weise zu bekommen, sondern es per Kaiserschnitt auf die Welt holen zu lassen. Eine Sache, die Ella Seelmann in gewissen Situationen als hilfreich und gut ansah, wenn Komplikationen vorhersehbar waren.

Allerdings wurde dadurch der Mutter das grundlegende Erlebnis einer natürlichen Geburt, einer noch tieferen, emotionalen Bindung, vorenthalten. Vor ihren Augen sah sie an manchen Tagen die trotz der erlebten Schmerzen letztendlich doch glücklichen Gesichter vieler Mütter, die ihr Neugeborenes in den Armen hielten. Dass es dabei je nach Situation auch hin und wieder einmal unglückliche Frauen gab, war nicht zu vermeiden.

Bei diesen Gedanken drehte sich Ella Seelmann plötzlich vom Fenster weg und setzte sich schwer atmend auf den danebenstehenden Stuhl. Als wäre es gestern gewesen, zogen die Umstände ihrer letzten Geburtsbegleitung geradezu wie ein unheilvolles, drohendes Gewitter am Horizont vor ihren Augen auf. Niemals hätte sie sich darauf einlassen sollen. Doch ab einem gewissen Zeitpunkt war es zu spät, Ella Seelmann hütete ab da ein dunkles Geheimnis, das sie endgültig dazu trieb, ihren Beruf aufzugeben.

Die plötzliche Enge an ihrem Brustkorb veranlasste die Bewohnerin des Pflegeheims dazu, das Fenster zu öffnen, um etwas frische Luft in ihre Lungen zu atmen, wobei ihr Blick wieder hinunter in Richtung des Mangoldfelsens ging, der von hier oben zu sehen war. Die langsam hereinbrechende Dunkelheit machte sich bemerkbar, doch trotz dessen erkannte die Frau die Gestalt, die sich auf der Parkbank nahe dem Felsen niedergelassen hatte. Schon seit einigen Tagen saß dort immer um die gleiche Zeit ein Mann, der scheinbar mit seinem Blick die Fassade des Pflegezentrums abzusuchen schien. Jedes Mal, wenn Ella Seelmann versuchte, sich einen Reim darauf zu machen, weshalb sich dieser Mann dort aufhielt, beschlich sie ein ungutes Gefühl. Trotz ihrer noch relativ guten Augen konnte sie auf diese Entfernung natürlich keine Details erkennen, dennoch trieb ihr die Anwesenheit dieses Unbekannten regelrecht den Schweiß auf die Stirn. So auch heute wieder, genau jetzt, in diesem Augenblick.

Ella Seelmann begab sich an die kleine Kommode, die an der Wand gegenüber ihrem Bett stand und griff nach einem Taschentuch, um sich die unangenehme Nässe an der Stirn abzuwischen. Sie fühlte die Unruhe tief in sich und war sich bewusst, dass wohl wieder eine nahezu schlaflose Nacht vor ihr lag, wie so oft in der letzten Zeit. Sie versuchte verzweifelt, einen klaren Gedanken zu fassen. Weshalb beunruhigte sie die Anwesenheit dieses Unbekannten dermaßen, dass sie sich bis in ihr Innerstes bohrte und ihr jedes Mal beinahe die Luft zum Atmen nahm.

Ella Seelmann überlegte. Sie war eine Bewohnerin des Hauses und konnte bis jetzt noch immer alles Wichtige selbst entscheiden. Also konnte auch niemand etwas dagegen haben, wenn sie noch einen kurzen Abendspaziergang durch die Promenade machte. Das Abendessen war vorbei, so musste sie lediglich bei einer der Pflegekräfte Bescheid geben, damit man sie nicht vermissen würde. Entschlossen holte sie sich eine warme Jacke aus ihrem Schrank, zog sich ein paar Schuhe an und verließ ihr Zimmer, um die verantwortliche Pflegerin zu informieren. Kurz darauf verließ die Frau das Gebäude. Durch den Haupteingang trat sie ins Freie und wandte sich nach rechts, wo sie die etwas abschüssige Straße hinab in Richtung Kaibach führte.

Da Ella Seelmann noch relativ gut zu Fuß war, hatte sie nach nur wenigen Minuten die Promenade erreicht und erblickte kurz darauf zu ihrer Rechten die kleine Kapelle ‚Maria Schnee‘. Hier hatte sie früher oft ein Dankgebet gesprochen, wenn wieder einmal ein neuer Erdenbürger mit ihrer Hilfe auf diese Welt gekommen war. Die alte Dame überlegte kurz, verwarf aber angesichts der fortschreitenden Dunkelheit den Gedanken, ein paar kurze Worte an die Gottesmutter zu sprechen.

Der Weg der Promenade führte sie mit einer leichten Rechtsbiegung direkt auf den berühmten Mangoldfelsen zu, hinter dem sich die Donauwörther Freilichtbühne befindet. Nur Augenblicke später, an der Weggabelung angekommen, konnte sie die immer noch auf der Parkbank befindliche Person erkennen, deren Blick sie trotz der zunehmenden Dunkelheit regelrecht zu fixieren schien. Ella Seelmann spürte ein leichtes Frösteln auf ihrem Rücken und zog instinktiv den Kragen ihrer Jacke etwas zu, obwohl sie wusste, dass die leichte Gänsehaut nicht durch die Temperaturen hervorgerufen wurde. Sie überlegte sich kurz, einfach umzudrehen und in ihr

Zimmer zurückzukehren, doch in diesem Augenblick erhob sich die Gestalt und kam mit langsamen Schritten in ihre Richtung. Ella sah sich nicht in der Lage, der unmittelbar bevorstehenden Begegnung auszuweichen, selbst wenn sie dies gewollt hätte. Ihre Beine schienen in diesem Moment wie festgewachsen. Sie erkannte die Gesichtszüge eines jungen Mannes, doch keinerlei Erinnerung kam in ihr zum Vorschein, dass sie ihm jemals begegnet wäre. Nur diese Augen. Tief in ihnen glaubte Ella Seelmann für den Bruchteil einer Sekunde, eine unendliche Traurigkeit zu erkennen, welche sie jedoch nicht ergründen konnte. Ihr Blick löste sich von den Augen ihres Gegenübers und sie glaubte ein Lächeln in seinem Gesicht zu erkennen. Ein Lächeln allerdings, welches der Frau das Blut in den Adern gefrieren ließ. Beinahe körperlich konnte sie die Gefahr spüren, die ihr entgegenschlug. Wie von selbst setzte sich ihr Körper in Bewegung, schlich mit kleinen, vorsichtigen Schritten rückwärts, bis sie die kleine Hecke an ihren Beinen fühlte. Drei, vier kleine Schritte später bemerkte Ella Seelmann, dass sie buchstäblich mit dem Rücken zur Wand zum Stehen kam. Erschrocken, den Blick noch immer auf das Gesicht des jungen Mannes gerichtet, ertasteten ihre Hände das kalte Gestein des Mangoldfelsens. Sie wandte ihren Kopf über die Schulter nach oben, erkannte die Ausweglosigkeit ihrer Situation. Nachdem sie ihren Blick wieder nach vorne richtete, erkannte sie, dass der Mann mit seiner rechten Hand ein Messer aus der Tasche zog. Sein Gesicht kam dem ihren nun ganz nahe, sodass sie den fremden Atem direkt auf der Haut spüren konnte. Sie ahnte dabei, was die Stunde geschlagen hatte, versuchte dennoch verzweifelt, ihn davon abzuhalten.

„Es ist Unrecht, was sie tun", brachte sie gequält hervor, was den Mann jedoch in keiner Weise zu beeindrucken schien. Langsam, beinahe wie in Zeitlupe ausgeführt, zog er seinen rechten Arm zurück.

„Unrecht?", fragte er leise mit spöttischem Unterton. „Ausgerechnet sie sprechen dieses Wort aus? Ich glaube, sie wissen ganz genau, was es bedeutet, gegen das Recht zu verstoßen." Mit einer verachtenden Geste spuckte er vor der alten Frau zu Boden und traf dabei deren Schuh.

Die Zeit schien für Ella Seelmann in diesem Moment stillzustehen. Wer war dieser Mann, der ihr vorwarf, Unrecht begangen zu haben? In Sekundenbruchteilen liefen die Jahre ihres Lebens vor ihrem geistigen Auge ab. Es gab nur eine einzige Situation, für die sie sich Vorwürfe machen müsste. Aber hatte sie nicht schon dafür gebüßt? Sie wollte sich bücken, um ihren Schuh von den Speichelresten zu säubern, konnte jedoch kein Taschentuch finden. Beinahe hilfesuchend sah sie dem vor ihr stehenden Mann ins Gesicht. Wieder erkannte sie die Entschlossenheit in seinem Blick, als sein Arm sich nun unaufhaltsam auf ihren Körper zubewegte, bis sie schließlich einen stechenden Schmerz unterhalb ihres Brustkorbs verspürte.

Instinktiv griff die alte Dame nach der Hand ihres Mörders, versuchte diese in den wenigen Sekunden, die ihr noch vom Leben verblieben, krampfhaft festzuhalten. Ihr letzter Blick hinauf zum Mangoldfelsen erkannte die Nebelschleier des Todes, die auf sie herabfielen und sie erbarmungslos umarmten. Augenblicke später sank sie lautlos in sich zusammen und merkte nicht mehr, wie sie mit ihrem Kopf an den Felsen schlug und unterhalb der Schrifttafel regungslos liegenblieb.

6. Kapitel

Nachdem die Donauwörther Polizeibeamten den Fundort der Leiche erreicht hatten, ging Achim Schachter auf einen Sanitäter zu, der neben der Toten kniete. Erst als sich der Mann erhob und sich zu einem seiner Kollegen umdrehte, konnte Schachter an der Aufschrift der Jacke das Wort „Notarzt" erkennen.

„Guten Abend die Herren", begrüßte der Polizeibeamte den Doktor samt seinen Kollegen. „Wie ich sehe, haben sie die Frau bereits untersucht?", meinte er mehr feststellend als fragend.

„Ja, soweit dies hier draußen möglich ist", antwortete der Man in seinem orange-weiß gestreiften Anzug, während er sich die Einweghandschuhe abstreifte und dem Beamten die Hand reichte. „Kein besonders schöner Anblick. Wie oder weshalb ihre Hand verstümmelt wurde, kann ich ihnen leider ohne genauere Untersuchungen nicht sagen. Die Frau wurde erstochen. Meiner Einschätzung nach vor ein bis zwei Stunden. Jedenfalls war sie bereits tot, als wir gerufen wurden. Und diesmal waren wir schneller vor Ort als sie", versuchte der Notarzt ein gequältes Lächeln und deutete dabei mit seiner Hand in Richtung der Rettungswache, die sich im BRK-Pflegezentrum befand.

„Nachdem es sich hier um einen gewaltsamen Tod handelt, gehe ich davon aus, dass sie die weiteren Schritte übernehmen werden?", schickte der Mediziner noch eine Frage hinterher.

„Ja", antwortete Achim Schachter. „Ich werde die zuständigen Kollegen der Kripo verständigen, die …" Der Leiter der Donauwörther Polizeiinspektion stockte kurz, sah sich um und erkannte Peter Neumann, der mit verschränkten Armen und suchendem Blick nur wenige Meter entfernt stand. „… die diesmal schneller hier sind als erwartet", führte Schachter seinen unterbrochenen Satz zu Ende. „Darf ich ihnen Kriminaloberkommissar Peter Neumann von der Augsburger Mordkommission vorstellen?", winkte er den Kollegen zu sich. „Ich gehe davon aus, dass seine Abteilung ab sofort die Ermittlungen führen wird."

„Neumann, guten Abend Herr Doktor", begrüßte der Augsburger Kriminalbeamte den Notarzt, indem er ihm die Hand reichte.

„Augsburg?", meinte der Notarzt verwundert.

„Nichts für ungut, Herr Kommissar, aber ist Donauwörth nicht im Zuständigkeitsbereich von Dillingen?"

Achim Schachter nahm seinem Augsburger Kollegen die Antwort vorweg. „Im Grunde genommen haben sie Recht, Doktor. Aber ich kann ihnen versichern, dass der Kollege Neumann ein mehr als kompetenter Ermittler ist, der mit unserer Unterstützung die Umstände dieses Falles sicherlich schnellstmöglich aufklären wird."

Peter Neumanns Lächeln wirkte etwas gequält, angesichts dieser Vorschusslorbeeren. „Die Zuständigkeit für die anstehenden Ermittlungen wird die Staatsanwaltschaft festlegen, meine Herren. Bis darüber jedoch entschieden ist, werde ich diese übernehmen."

Angesichts der sich in der Zwischenzeit bereits nähernden Neugierigen bat der Kriminaloberkommissar seine Donauwörther Kollegen, das Gebiet um den Fundort umgehend weiträumig absperren zu lassen. Kaum hatte Neumann die Bitte ausgesprochen, näherte sich auch schon mit Blaulicht ein Einsatzfahrzeug der Donauwörther Feuerwehr.

„Stockhardt. Wer hat sie denn verständigt?", rief Achim Schachter dem Mann verwundert entgegen, der nur Augenblicke später aus dem Pkw ausgestiegen war und auf die Polizeibeamten zukam.

Der Angesprochene blieb kurz stehen und drehte sich scheinbar suchend um in Richtung des Pflegezentrums. Als er einen von dort heraneilenden Mann erkannte, deutete er mit seiner Hand in dessen Richtung und gab zur Antwort: „Wir haben den Polizeieinsatz über Funk registriert, es gab zu diesem Zeitpunkt aber noch keinen Anlass auszurücken. Erst als Stefan Pappler uns angerufen hat, dass ihr in der Jennisgasse Richtung Promenade angerückt seid, sind wir sicherheitshalber hierher."

Peter Neumann, der den Dialog zwischen den beiden Männern verfolgt hatte, mischte sich nun in das Gespräch ein.

„Darf ich fragen, wer dieser Stefan Pappler ist?", richtete er sich an den von Achim Schachter angesprochenen Herrn Stockhardt. Der Augsburger Kriminaloberkommissar hatte seinen Dienstausweis hervorgezogen und hielt diesen dem offensichtlichen Einsatzleiter der Feuerwehr entgegen. „Neumann", sagte er dabei. „Kripo Augsburg. Also, Herr Stockhardt. Wer ist dieser Pappler, auf dessen Anruf sie hier mit ihren Männern auftauchen?"

Etwas außer Atem hatte sich inzwischen der aus

dem Pflegezentrum herbeigeeilte Stefan Pappler bei der Beamten eingefunden. Er reichte den drei Männern nacheinander die Hand und stellte sich vor. Peter Neumann zog seine Augenbrauen etwas hoch, als er erfahren hatte, dass Pappler bis vor vier Jahren noch zweiter Kommandant der Donauwörther Feuerwehr war. „Verstehe", lächelte er. „Der Buschfunk funktioniert ja scheinbar überall."

„Das hat weniger mit Buschfunk zu tun, als vielmehr damit, dass Stefan die haustechnische Leitung des Pflegezentrums unter sich hat", meinte Georg Stockhardt. „Wann immer auch irgendetwas hier nicht so ist, wie es sein sollte, dann ist er einer der ersten, die das erfahren."

„Sage ich zu meinem Vorgesetzten auch immer", gab der Kriminaloberkommissar zurück. „Information und Kommunikation gehören zu einer gesunden Basis für ein funktionierendes System. Wobei die Kommunikation nach außen natürlich erst zum richtigen Zeitpunkt erfolgen sollte. Also sorgen sie bitte dafür, dass der vermeintliche Tatort hier entsprechend weiträumig abgesperrt wird, damit wir nicht durch neugierige oder ungebetene Zaungäste in unserer Arbeit behindert werden."

„Meine Männer werden umgehend die Zugänge

zur Promenade bzw. zum Mangoldfelsen abriegeln", gab der Einsatzleiter der Feuerwehr zu verstehen. Mit einem kurzen Blick auf Stefan Pappler fügte er hinzu: „Kannst du dafür sorgen, dass aus eurem Haus keine Störungen auftreten?"

„Ist schon erledigt", antwortete Stefan Pappler. „Ich habe unseren Heimleiter informiert. Er wird alles Notwendige veranlassen. Steckt momentan ganz schön im Stress, da seit Kurzem eine Bewohnerin vermisst wird. Sie hat sich zwar beim Personal abgemeldet, ist aber bis jetzt nicht mehr zurückgekommen. Als nächstes wäre sowieso die Polizei verständigt worden."

Peter Neumann meinte: „Gut, meine Herren. Klären sie die Dinge bitte, ich verständige in der Zwischenzeit meinen Vorgesetzten, sowie den Staatsanwalt und die Kollegen der Kriminaltechnik."

Er wandte sich um und begab sich einige Schritte abseits, um zu telefonieren. Als er Stefan Pappler noch darum bitten wollte, sich die Leiche der Frau anzusehen, erkannte er, dass die drei Männer bereits auf dem Weg dorthin waren.

7. Kapitel

Es war kurz nach acht Uhr, als Robert Markowitsch sein Büro im Gebäude des Polizeipräsidiums Schwaben Nord betrat. Zu seinem Erstaunen erwartete ihn sein Kriminaloberkommissar Peter Neumann bereits am Fenster stehend, mit einem Kaffeebecher in der Hand.

„Guten Morgen, Herr Neumann", begrüßte der Leiter der Augsburger Mordkommission seinen Kollegen, dem er dabei einige Augenblicke lang intensiv ins Gesicht sah. „Wissen sie, was ich mich manchmal frage? Wie schaffen sie es immer wieder, mit nur wenigen Stunden Schlaf auszukommen?"

Trotz seiner leichten Übernächtigung, die ihm Markowitsch aber scheinbar nicht anzusehen schien, versuchte Peter Neumann, sich vor seiner Antwort ein freundliches Lächeln abzuringen. „Ach wissen sie, Chef", meinte er, „bis zu einem gewissen Alter, bei entsprechender Ernährung und etwas Sport, steckt man das zwischendurch noch ganz locker weg. Oder wie ein lateinisches Sprichwort sagt: Mens sana in corpore sano."

Kriminalhauptkommissar Robert Markowitsch rümpfte bei den Worten Peter Neumanns etwas seine Nase, bevor er antwortete: „Ich weiß selbst, Neumann, dass ein gesunder Geist am besten in einem gesunden Körper zu finden ist. Aber falls sie mal wieder auf mein Alter anspielen wollen, darf ich sie darauf aufmerksam machen, dass Berufs- und Lebenserfahrung in so mancher Situation auch nicht zu verachten sind." Der Hauptkommissar trat an das kleine Sideboard in der Ecke seines Büros, um sich seinen morgendlichen Cappuccino zuzubereiten. Dabei deutete er mit der Hand in Richtung des Kunststoffbechers, aus dem Peter Neumann soeben den letzten Schluck seines Kaffees nahm.

„Außerdem wollen sie mir doch nicht wirklich weismachen, dass diese Automatenbrühe im Plastikbecher, die sie da immer wieder in sich reinkippen, auch nur im Entferntesten etwas mit gesunder Ernährung zu tun hat, oder?"

Peter Neumann zog angesichts des kleinen Seitenhiebs seine Augenbrauen hoch, bevor er an den Abfalleimer trat, um den angesprochenen Becher zu entsorgen. „Mag sein, dass es nicht das Gesündeste ist", gab er seinem Vorgesetzten Recht. „Auf jeden Fall hilft es mir dabei, wach zu werden."

„Aha", griff Robert Markowitsch mit einem wissenden Lächeln das scheinbare Eingeständnis auf. „Also doch nicht ganz so ausgeschlafen, wie es scheint." Er winkte jedoch gleich wieder ab, bevor das routinierte Wortgeplänkel zwischen ihm und Peter Neumann zu weit führte. „Aber lassen wir das", meinte er. „Ich nehme an, dass sie mich fragen wollen, weshalb ich gestern Abend nicht nach Donauwörth gekommen bin? Nun, es schien mir anhand ihrer Schilderungen so, dass sie und die Kollegen vor Ort die Lage im Griff hatten. Ich befand es für besser, mich heute ausgeschlafen ganz ausführlich von ihnen auf den aktuellen Stand der Dinge bringen zu lassen. Außerdem hatten sie ja unseren Herrn Oberstaatsanwalt verständigt, da sah ich keine Notwendigkeit, mich auch noch ins Gedränge zu stürzen."

Markowitsch hatte zwischenzeitlich an seinem Schreibtisch Platz genommen. Er umfasste seine Tasse mit beiden Händen und lehnte sich in seinem Sessel zurück. „Apropos Oberstaatsanwalt. Normalerweise lässt er es sich doch nicht entgehen, uns bei einem neuen Fall schon am frühen Morgen die Türe einzurennen, um nach den neuesten Ermittlungsergebnissen zu fragen. Hat er ihnen denn gestern Abend kein Zeitlimit gesetzt?"

Robert Markowitsch nahm genussvoll einen Schluck seines Lieblingsgetränkes, als ihn der Klingelton seines Telefons unterbrach. Er sah auf das beleuchtete Display, wobei sich ein leichtes Schmunzeln in seinem Gesicht zeigte. Mit einem Blick zu Peter Neumann griff er nach dem Hörer, räusperte sich kurz und meldete sich bei seinem Anrufer.

„Einen wunderschönen guten Morgen, Herr Berger. Wir haben uns soeben darüber gewundert, dass sie heute noch gar nicht im Präsidium sind, um mit uns über unseren neuen Fall zu sprechen.

„Sparen sie sich ihre komischen Witzchen, Herr Hauptkommissar", gab der Augsburger Oberstaatsanwalt zur Antwort. „Hätte ich nicht schon in aller Herrgottsfrühe mit den Kollegen der Dillinger Kripo gesprochen, gäbe es jetzt gar keinen neuen Fall für sie und ihren Kollegen. Aber auf Grund der Tatsache, dass Herr Neumann gestern Nacht schon vor Ort war, ließen sich die Kollegen in Dillingen auf meinen Wunsch ein, diesen Fall von Augsburg aus weiter zu verfolgen. Nachdem sie sich gestern ja nicht mehr dazu entschließen konnten, nach Donauwörth zu kommen, dürfen sie mir jetzt einen Cappuccino zubereiten. Ich bin quasi schon beinahe in ihrem Büro, um sie über die ganze Sache in Kenntnis zu setzen, sofern das nicht bereits durch ihren Kollegen geschehen ist."

„Ist es noch nicht, Herr Berger. Wir erwarten sie gerne in Kürze bei uns und werden uns in der Zwischenzeit mit der aktuellen Ausgabe der Augsburger Allgemeinen beschäftigen." Mit diesen Worten beendete der Hauptkommissar das Gespräch mit dem Oberstaatsanwalt, legte den Hörer zurück und schlug die Tageszeitung auf, die er jeden Morgen in sein Büro bekam.

Nachdem das Augsburger Polizeipräsidium und der Justizpalast nur zwei Kilometer voneinander entfernt liegen, dauerte es auch nur wenige Minuten, bis Frank Berger kurz an der Türe zum Büro von Robert Markowitsch anklopfte, um nur eine Sekunde später unaufgefordert einzutreten. Der Kriminalhauptkommissar war trotz der kurzen Entfernung etwas erstaunt, dass Frank Berger bereits vor ihm stand. „Jetzt bin ich aber platt", gestand der Augsburger Kripochef. „Geben sie es ruhig zu, Berger", meinte er lachend. „Sie sind mit Blaulicht und Martinshorn gefahren, nur um rechtzeitig einen Cappuccino a la Markowitsch zu bekommen."

„Der ja noch nicht einmal fertig ist", antwortete der Oberstaatsanwalt lächelnd. „Sie enttäuschen mich, Markowitsch."

Die drei Männer reichten sich zur Begrüßung einander die Hände, und nachdem Frank Berger schließlich eine gefüllte Tasse von Robert Markowitsch gereicht bekam, nahm er neben Peter Neumann am Schreibtisch des Hauptkommissars Platz. Als er seine Tasse gerade an die Lippen ansetzte, fiel sein Augenmerk auf ein Foto in der Augsburger Tageszeitung, die auf den Kopf gedreht vor ihm lag. Mit einer, in dieser Situation nicht erwarteten, blitzschnellen Bewegung erhob sich Frank Berger von seinem Stuhl und drehte die Zeitung so, dass er sich das Bild genauer betrachten konnte. Sowohl Peter Neumann, als auch Robert Markowitsch waren von der plötzlichen Reaktion des Oberstaatsanwalts, sowie dessen zweifelndem Gesichtsausdruck überrascht.

„Seit wann erregt denn die regionale Promiszene ihr Gemüt?", wollte der Kripochef von Frank Berger wissen. „Die Damen auf dem Foto dürften dem Alter nach doch gar nicht ihre Kragenweite sein?"

Markowitsch schickte ein süffisantes Lächeln in die Richtung des Oberstaatsanwalts, worauf dieser nur kurz mürrisch abwinkte. „Die Frauen interessieren mich im Moment überhaupt nicht. Mir geht es eher um den jungen Burschen, der inmitten dieser Damenwelt posiert." Der Kriminalhauptkommissar besah sich nochmals kurz das von Frank Berger angesprochene Foto, bevor er mit hochgezogenen Augenbrauen und einem leichten Schmunzeln auf den Lippen zu Peter Neumann sah. „Ich wusste gar nicht, dass sie sich jetzt auch für Männer interessieren, Berger."

„Sie immer mit ihren blöden Sprüchen, Markowitsch", antwortete der Oberstaatsanwalt erstaunlich ruhig, ohne seinen Blick von besagtem Foto abzuwenden. „Natürlich interessiere ich mich auch für Männer. Vorausgesetzt, sie stehen irgendwie mit dem Gesetz in Konflikt."

„Aha", gab Markowitsch zur Antwort, „und bei Jakob Goldstein ist das der Fall?"

Frank Berger, der sich zwischenzeitlich mit beiden Händen auf dem Tisch abgestützt hatte, erhob sich nun wieder und drehte sich in Richtung seiner beiden Kollegen um. „Das, mein lieber Markowitsch, kann ich ihnen momentan beim besten Willen so nicht beantworten. Aber eines weiß ich ganz genau: dieses Gesicht habe ich schon im Zusammenhang mit einer Ermittlung gesehen. Ich kann ihnen nur aus dem Stehgreif nicht beantworten, was das war."

Robert Markowitsch nahm nun wieder in seinem Sessel Platz. Er griff nach der Tageszeitung, faltete sie zusammen und legte die Augsburger Allgemeine zur Seite. „Ist ja jetzt auch egal, Berger. Wir werden alle nicht jünger, da kann einen das Gedächtnis schon mal im Stich lassen. Der eigentliche Grund unseres Zusammentreffens liegt doch darin, dass sie und Kollege Neumann mich auf den aktuellen Stand der Dinge in Bezug auf das Tötungsdelikt von gestern Abend in Donauwörth bringen wollten. Ich weiß bis zu diesem Augenblick nur so viel, dass es sich bei dem Opfer wohl um eine Bewohnerin des Donauwörther Pflegezentrums handelt und dass diese allem Anschein nach erstochen wurde, bisher allerdings noch ohne erkennbaren Grund."

„Richtig, Markowitsch", gab Frank Berger zur Antwort. „Das ist allerdings im Moment auch schon alles, was ich ihnen zu der ganzen Sache sagen kann. Oder haben sie zwischenzeitlich schon neue Erkenntnisse, Herr Neumann?", stellte er die Frage an den Kriminaloberkommissar.

Dieser schüttelte jedoch seinen Kopf. „Bedaure, nein. Wir haben zwar durch die Kollegen der Donauwörther Feuerwehr sofort das ganze Gebiet um den Mangoldfelsen, sowie alle bekannten Zugänge zur Promenade absperren lassen, dies war jedoch in erster Linie der Tatsache geschuldet, dass durch unliebsame Zuschauer keine Spuren verwischt werden konnten. Eine Suchaktion nach Täter oder Täterin hätte um diese Zeit wohl auch nicht viel gebracht, zumal die Frau laut Aussage des Notarztes schon einige Zeit dort gelegen haben muss."

Der Oberstaatsanwalt kratzte sich kurz am Hinterkopf. „Also gut", meinte er zu Peter Neumann gewandt. „Nachdem ich davon ausgehe, dass der Leichnam inzwischen in der Gerichtsmedizin liegt, erkundigen sie sich dort bitte nach der aktuellen Sachlage. Sobald es neue Erkenntnisse gibt, informieren sie mich bitte umgehend. Ich werde mich in der Zwischenzeit um eine entsprechende Presseerklärung kümmern, um unnötigen Spekulationen vorzubeugen, solange wir nichts Genaueres wissen."

Frank Berger machte sich daran, das Büro der Mordkommission zu verlassen, drehte sich allerdings vorher nochmals um und tippte mit dem Finger auf die Zeitung. „Ich kriege schon noch heraus, woher ich dieses Gesicht kenne", murmelte er vor sich hin, bevor er sich auf den Weg zurück ins Justizzentrum begab.

Nachdem Frank Berger das Büro von Robert

Markowitsch wieder verlassen hatte, betrachtete sich dieser noch eine ganze Weile das Zeitungsfoto.

Dieses zeigte irgendeine Geburtstagsparty, auf der sich Jakob Goldstein, der Sohn eines reichen Donauwörther Architektenehepaares, inmitten mehrerer Schönheiten sichtlich wohlzufühlen schien. Obwohl bei Markowitsch beim genauen Hinsehen der Eindruck entstand, dass sich die Damen mehr zu amüsieren schienen, als der junge Goldstein. *So ist das halt manchmal im Leben*, dachte der Kriminalhauptkommissar bei sich, als er mit dem Zeigefinger auf das Foto tippte. *Mit der Aussicht auf ein schönes Erbe steigt die Gefahr, dass man dich nur deines Geldes wegen begehrt und nicht um deiner selbst willen.*

„Chef, die ersten Ergebnisse der Kriminaltechnik sind da", unterbrach die Stimme von Peter Neumann die Gedanken von Robert Markowitsch, der sich sogleich umdrehte, um sich in das Büro seines Kollegen nach nebenan zu begeben. „Wie der Notarzt vor Ort schon festgestellt hatte, wurde die Frau mit einem gezielten Messerstich getötet. Die Klinge drang direkt unterhalb des Rippenbogens schräg nach oben ein, wobei die rechte Herzkammer durchstoßen wurde. Sie muss innerhalb weniger Sekunden tot gewesen sein. Was die Tatwaffe angeht, so kommt irgendein handelsübliches Küchenmesser infrage, gefunden haben die Kollegen vor Ort allerdings nichts. Was jedoch noch ein Rätsel darstellt, ist die verstümmelte Hand der Toten. In dieser Hinsicht ist die Rechtsmedizin noch zu keinem schlüssigen Ergebnis gekommen."

Nachdem Peter Neumann geendet hatte, schien für einige Sekunden absolute Stille im Raum zu sein. Nur das leise Geräusch des PC-Lüfters war im Hintergrund zu vernehmen, bis der Kriminalhauptkommissar diese Stille unterbrach.

„Das heißt, Neumann, wir haben eine Leiche, und keinerlei weitere Anhaltspunkte. Weshalb bringt jemand eine alte Frau um? Raubmord schließe ich in diesem Fall mal eher aus. Einen sexuellen Hintergrund kann ich mir beim besten Willen auch nicht vorstellen, obwohl es ja in unserer heutigen Gesellschaft immer wieder so gestörte Individuen geben soll." Markowitsch sah seinen Kollegen fragend an. „Gibt es irgendwelche Hinweise in diese Richtung?"

Peter Neumann blickte noch einmal auf die Zeilen am Bildschirm, schüttelte jedoch kurz darauf den Kopf. „Nein, tut mir leid, Herr Markowitsch. Ich werde mich aber gleich noch einmal mit dem Dienststellenleiter Achim Schachter in Donauwörth in

Verbindung setzen. Möglicherweise haben die Kollegen dort ja noch den einen oder anderen Hinweis in Erfahrung bringen können."

Robert Markowitsch sah auf die Uhr. „In Ordnung, Neumann, machen sie das. Ich werde mich in der Zwischenzeit auf den Weg in die Gerichtsmedizin begeben. Mal sehen, ob Zacher nicht doch noch eine Kleinigkeit aus der alten Dame rauskitzeln konnte. Manchmal hat man ja den Eindruck, dass er selbst Tote noch zum Sprechen bringen kann, wenn es auch nur die kleinste Chance dazu gibt."

8. Kapitel

Stefanie Goldstein war glücklich darüber, dass sich ihr Sohn während der Abwesenheit seines Vaters wieder öfter bei ihr sehen ließ. Ansonsten bekam sie von seinem Leben in den letzten Monaten weniger mit, als es ihr lieb war. Sie war etwas überrascht gewesen, als er ihr gestanden hatte, dass er das Architekturstudium für eine Zeitlang ruhen lassen wolle. Auf ihre Nachfrage hin antwortete er nur, dass er an einem zukunftsorientierten Thema arbeite, das sich zu gegebener Zeit, auch aus Sicht seines Professors, sehr gut mit der Architektur kombinieren lassen würde. Seine Mutter gab sich mit dieser Aussage zufrieden, wusste sie doch, dass Jakob trotz seines Alters selbstbewusst und vorausschauend war. Dass er hin und wieder in die Schlagzeilen der sogenannten Klatschspalten geriet, darüber konnte sie hinwegsehen. Einerseits war es in ihren Augen okay, dass man in der Öffentlichkeit bekannt war, andererseits wies sie ihn ab und zu darauf hin, darauf zu achten, dass er in diesen Schlagzeilen kein negatives Image bekam.

Als er sich an diesem Morgen telefonisch bei ihr zum zweiten Frühstück eingeladen hatte, bat sie ihn darum, bei dieser Gelegenheit auch die Tageszeitung und zwei Fachzeitschriften mitzubringen. Zwar konnte man heutzutage alle Themen, für die sich jemand interessierte, über die digitale Welt recherchieren, das ständige Tippen, Scrollen und Klicken ging Stefanie Goldstein jedoch manchmal dermaßen auf die Nerven, dass sie die Geräte einfach abschaltete.

Ein weiterer Grund für ihre Einschränkung beim Umgang mit Smartphone, Tablet oder PC, war die davon ausgehende, ständige Verfügbarkeit und Erreichbarkeit, die in ihren Augen mittlerweile viel zu viel Zeit kostete. Geschäftlich waren sie gut aufgestellt, selbst wenn heute die Aufträge der gehobenen Gesellschaft weniger würden, wäre dies nicht dramatisch. Sie hatten sich ein angenehmes finanzielles Polster erwirtschaftet, sodass sie ohne allzu große Sorgen ihr Leben genießen könnten.

Gut gelaunt und in Vorfreude auf den Besuch ihres Sohnes setzte sie frischen Kaffee auf. Sie bevorzugte gegenüber manch anderen in ihrem Bekanntenkreis, mit einer herkömmlichen Kaffeemaschine gebrühten Filterkaffee, ohne Zuhilfenahme eines der angesagten, modernen Vollautomaten. Als sie nur wenige Minuten später die Haustüre öffnen und wieder zufallen hörte, vernahm sie sogleich auch schon die Stimme von Jakob. „Guten Morgen, Mom", vernahm sie den Gruß, drehte sich um und breitete die Arme aus.

„Hallo, mein Großer", antwortete Stefanie erfreut. „Lass dich umarmen für die tolle Idee eines gemeinsamen, zweiten Frühstücks." Sie drückte Jakob etwas überschwänglich an sich, dem dies dann doch ein wenig übertrieben vorkam.

„Mom, lass mich doch erst mal richtig reinkommen und die Sachen auf den Tisch legen. Du tust ja gerade so, als käme ich von einer Weltreise zurück, dabei wohne ich nicht mal eine Viertelstunde von hier entfernt. Ich glaube es wird Zeit, dass Papa aus den Staaten zurückkommt."

„Schon gut, schon gut", winkte Jakobs Mutter ab. „Ich freu mich eben einfach darüber, dass du mir Gesellschaft leisten willst. Oder hat dein Besuch einen besonderen Grund?"

„Nein, warum? Sollte er?", fragte Jakob, während er sich den Brotkorb an der Küchenzeile griff, um die mitgebrachten Croissants auszupacken. „Vielleicht kann ich ja ein paar Tage bei dir bleiben, solange du noch Strohwitwe bist." Stefanie Goldstein zeigte nun das neckische Lachen einer Mutter, die ihren Sohn bei einer Peinlichkeit ertappt hatte. „Hat es etwas mit der Party zu tun, auf der du kürzlich warst?", wollte sie neugierig in Erfahrung bringen. „Da waren ja ganz schön viele junge Damen um dich herum, wie man aus der Zeitung erfahren konnte. Du willst dich doch nicht etwa bei deiner Mutter verstecken, um der Damenwelt aus dem Weg zu gehen?"

„Ach was", wehrte Jakob die augenscheinliche Attacke auf eine mögliche Beziehung ab. „Du glaubst doch nicht etwa, dass ich mich von einem dieser unreifen Hühner einfangen lassen würde? Die wollen doch alle nur eine gute Partie machen. Das sieht man doch daran, dass man sich nicht mal auf einer privaten Geburtstagsfete sehen lassen kann, ohne dass man gleich in die Zeitung kommt. Das Interesse gilt nicht unbedingt mir, Jakob Goldstein, sondern wohl eher dem Vermögen, das ich möglicherweise einmal erben werde." Jakob brachte während seiner kurzen Erklärung den Korb auf die Terrasse, wo seine Mutter soeben das Frühstücksgeschirr hingestellt hatte.

„Setz dich doch, mein Schatz", meinte sie. „Ich hole schnell noch den Kaffee." Als sie kurz darauf zurückkam, saß Jakob am Tisch und blätterte in der

Tageszeitung. Er war dermaßen darin vertieft, dass er gar nicht bemerkt hatte, dass seine Mutter ihm den Kaffee eingeschenkt hatte. Erst nachdem sie ihn am Arm rüttelte, reagierte er etwas erschrocken und legte die Zeitung neben sich auf dem Tisch ab.

„Entschuldige Mom", meinte er. „Ich war in Gedanken. Hattest du mich etwas gefragt?"

„Ja", kam Stefanies Antwort. „Ich wollte nur wissen, ob du außer den Croissants noch etwas Anderes zum Essen möchtest."

„Nein, danke", meinte Jakob und griff nach einem der Gebäckstücke. „Ich war nur gerade in den Zeitungsartikel vertieft, der sich mit der Toten in der Promenade befasst. Du hast doch sicherlich davon gehört?"

„Natürlich habe ich das mitbekommen", gab seine Mutter zur Antwort. „Du glaubst gar nicht, wie viele Anrufe ich aus meinem Bekanntenkreis erhalten habe, als das am Morgen, nachdem man die Frau gefunden hatte, in der Öffentlichkeit bekannt geworden war. Weiß man denn schon, um wen es sich bei der Frau handelt?"

Stefanie Goldstein hatte inzwischen ebenfalls am Tisch Platz genommen, sich eines der Gebäckstücke gegriffen und lehnte sich nun mit der Kaffeetasse in der anderen Hand in ihrem Stuhl zurück.

„Ja", antwortete ihr Sohn mit ruhiger Stimme und nahm erneut die Donauwörther Tageszeitung zur Hand. Er drehte sie so, dass seine Mutter den Blick darauf hatte und deutete mit dem Finger auf eine Textstelle, die sich kurz unterhalb der Schlagzeile befand. Stefanie betrachtete die fettgedruckten Buchstaben, wobei sich ihre Augen immer mehr weiteten.

Die Tote vom Mangoldfelsen
Wer ermordete Ella Seelmann?

Ein kurzer, aber heftiger Hustenanfall überkam Stefanie Goldstein, als sie die nachfolgenden Sätze gelesen hatte. Sie hielt sich augenblicklich die Hand vor den Mund, ließ dabei jedoch ihre Tasse fallen, die dadurch zu Boden fiel und mit einem klirrenden Geräusch zerbrach. Scheinbar besorgt stand Jakob sofort von seinem Platz auf und klopfte seiner Mutter mehrmals behutsam auf den Rücken. „Verschluckt oder erschrocken?", fragte er sie, nachdem sie sich wieder beruhigt hatte.

Stefanie Goldstein winkte nur kurz ab, während sie erneut der Husten überkam. „Es geht gleich wieder. Ich brauche nur einen Schluck Wasser", mühte sie sich zu sagen, ließ jedoch die Frage ihres Sohnes unbeantwortet und ging in die Küche, um sich ein Glas Mineralwasser zu holen. Jakob sah seiner Mutter dabei mit einem teils nachdenklichen, teils zweifelndem Blick hinterher.

9. Kapitel

An der Ludwig-Maximilians Universität in München wunderte sich der Leiter des Instituts für Rechtsmedizin Rolf Zacher über einen unerwarteten Besucher.

„Markowitsch. Was treibt sie denn in meine heiligen Hallen? Sie vermeiden doch sonst jeden unnötigen Kontakt mit denen, die nicht mehr unter uns weilen."

„Nun reden sie mal nicht so geschwollen daher, Zacher", antwortete der Augsburger Kriminalhauptkommissar. „Mein Besuch gilt ja ihnen, und nicht den leblosen Körpern in den Kühlfächern ihres Instituts."

Rolf Zacher, Pathologe im Dienste der Kriminalpolizei, zog mit einem wissenden Lächeln seine Augenbrauen nach oben. „Ah, ich verstehe. Sie können es also mal wieder nicht abwarten, bis wir uns mit den Untersuchungsergebnissen über den Tod der alten Dame aus Donauwörth bei ihnen melden." Der Rechtsmediziner zupfte Robert Markowitsch kurz am Ärmel. „Na, kommen sie schon, sie ungeduldiger

Qualgeist. Ich war gerade auf dem Weg in die Cafeteria, um mir die Unterlagen der Kollegen nochmal in Ruhe durchzuschauen, bevor ich diese nach Augsburg weitergeleitet hätte."

Die Gesichtszüge des Augsburger Kripochefs hellten sich bei den Worten des Polizeiarztes merklich auf. „Das heißt", drängte er Rolf Zacher weiter, „dass sie eine oder mehrere brauchbare Spuren für mich haben?"

„Nun mal langsam, Herr Hauptkommissar", grinste Rolf Zacher. „Ich mache ihnen einen Vorschlag: sie laden mich jetzt zu Kaffee und Kuchen ein, währenddessen lese ich ihnen ein wenig aus diesen digitalen Papieren hier vor." Er wedelte mit einem Tablet vor der Nase des Kriminalbeamten herum.

„Paragraph 253 StGB. Bis zu fünf Jahre Haft bzw. Geldstrafe, mein lieber Zacher. Das gibt es für Erpressung. Sollten sie doch eigentlich wissen, solange wie sie schon mit uns zusammenarbeiten."

„Schon in Ordnung, sie Spielverderber." Rolf Zacher lachte, als sie durch den Eingang zur Cafeteria gingen. „Setzen sie sich, ich bringe ihnen einen Cappuccino mit."

Als die beiden Männer schließlich versorgt am

Tisch zusammensaßen, wollte Rolf Zacher den Hauptkommissar nicht länger auf die Folter spannen. „Dass die alte Dame erstochen wurde, dürfte ihnen ja bereits bekannt sein. Dem Stichkanal nach zu urteilen, erfolgte der Angriff von unten direkt ins Herz, wobei dessen rechte Kammer durchbohrt wurde. Die Frau hatte keine Überlebenschance."

Robert Markowitsch winkte ungeduldig ab. „Wissen wir doch, Zacher", meinte er. „Das haben sie uns in ihren ersten Ergebnissen vorab schon mitgeteilt. Haben sie irgendwelche Spuren gefunden, die mich in der Sache weiterbringen? Fingerabdrücke, DNA, einen abgerissenen Knopf …"

Rolf Zacher musste über Markowitsch schmunzeln. Dieser kam ihm manchmal vor wie ein kleines Kind, das es nicht erwarten kann, bis es sein Geschenk erhält. „Einen Knopf könnte ich ihnen von zu Hause mitbringen, Markowitsch. Den haben wir leider nicht gefunden. Allerdings hatte die Frau einige Hautpartikel unter den Fingernägeln, welche wohl durch Abwehrverhalten oder einen verzweifelten Versuch, sich festzuhalten entstanden sind. Der Täter könnte also irgendwo Kratzspuren erlitten haben. *Der* mögliche Täter deshalb, weil die DNA eindeutig männlichen Ursprungs ist. Leider konnten wir bisher noch keinen erfolgreichen Abgleich durchführen."

Robert Markowitsch hatte die Ausführungen seines Tischnachbarn zwar aufmerksam verfolgt, zufrieden mit dem Gehörten war er allerdings nicht. „Gut", meinte er. „Oder eher: nicht gut. Das bringt uns im Moment also auch noch nicht weiter. Was war denn mit der Hand der Getöteten? Haben sie da schon weitere Erkenntnisse?"

Rolf Zachers Blick verdunkelte sich etwas, als er antwortete. „Die Hand der Frau war mehrfach gebrochen. Wir gehen aber davon aus, dass sie bereits tot war. Ansonsten wären ihre Schmerzensschreie mit Sicherheit durch die halbe Stadt zuhören gewesen."

Die Augen des Hauptkommissars verengten sich, als er meinte: „So schlimm?"

„Schlimmer", antwortete Rolf Zacher. „Was wir eindeutig feststellen konnten ist die Tatsache, dass die Hand durch mehrfache, wohl massive Tritte mit einem Schuhabsatz so gebrochen wurde, dass praktisch nur noch Knochensplitter übrigblieben. Sie müsste unerträgliche Schmerzen erlitten haben, was für uns ein weiteres Indiz dafür ist, dass sie zu diesem Zeitpunkt bereits tot war. Weiterhin ist es für mich ein Anzeichen dafür, dass der Täter großen Hass, aus welchem Grund auch immer, auf die Frau verspürt haben muss." Rolf Zacher leerte mit zwei großen Schlucken seine Kaffeetasse, was Robert Markowitsch dazu veranlasste, diesem Beispiel zu folgen.

Zacher reichte dem Kripochef die Hand. „Ich hoffe, Markowitsch, dass ich ihnen mit unseren Ergebnissen ein wenig auf die Sprünge helfen konnte. Sie entschuldigen mich jetzt bitte, ich habe noch jemanden auf dem Tisch liegen. Der kann mir zwar nicht mehr weglaufen, aber sie wissen ja, dass der Zeitfaktor in unserem Beruf oftmals genauso entscheidend ist wie in ihrem. Die Staatsanwaltschaft will Ergebnisse sehen."

„Ich weiß, Zacher", verabschiedete sich Markowitsch von diesem. „Danke, dass sie sich die Zeit genommen haben."

*

Circa eineinhalb Stunden später lenkte der Augsburger Kriminalhauptkommissar seinen Wagen wieder auf das Gelände des Polizeipräsidiums. Während der Rückfahrt war er zu dem Schluss gekommen, dass

Täter und Opfer wohl in einer engeren Beziehung zueinandergestanden haben mussten. Also galt es zunächst, den Verwandten- und Bekanntenkreis der Toten unter die Lupe zu nehmen.

Im Büro angekommen, teilte er Peter Neumann seine Rückschlüsse mit. Dieser hatte in der Zwischenzeit auf Nachfrage bei den Donauwörther Kollegen die Information erhalten, dass Elvira Seelmann alleinstehend und ohne Kinder war. Dadurch, dass sie gesundheitlich seit längerer Zeit angeschlagen war, wohnte sie inzwischen im Donauwörther Pflegezentrum.

„Ist schon tragisch, so ein Leben", meinte Peter Neumann.

„Inwiefern?", fragte Markowitsch nach.

„Na, da holt man sein Arbeitsleben lang die kleinen Menschen auf die Welt, sorgt dafür, dass sie in den ersten Wochen und Monaten ihres Daseins begleitet werden, aber selbst steht man eines Tages vollkommen alleine da."

„Das bedeutet also, dass Frau Seelmann als Hebamme gearbeitet hatte?", schlussfolgerte Robert Markowitsch.

„Richtig, Chef. So wie es aussieht, ist das im Augenblick auch der einzige Ansatzpunkt für unsere weiteren Ermittlungen. Die restlichen Ergebnisse der Kriminaltechnik sind vorhin in die elektronische Akte eingestellt worden. Ich nehme an, dass sie darüber bereits informiert sind?"

„Was die Todesursache und die Misshandlung der Hand angehen, ja. War sonst noch was Auffälliges, das Zacher mir gegenüber nicht erwähnt, oder noch nicht gewusst hat?"

„Hier steht nur noch das Übliche", antwortete Peter Neumann, „nämlich, dass man eine ganze Reihe Fußspuren ausmachen konnte, wobei eine der Toten zugeordnet werden kann. Ein anderer, relativ frischer Abdruck, in Größe 43 oder 44 stammt vermutlich vom Täter."

„In Ordnung, dann lassen wir es für heute dabei bewenden. Ich muss nachdenken, und das geht am besten daheim in den eigenen vier Wänden, bei einer schönen Tasse Cappuccino. Schönen Feierabend wünsche ich ihnen, Neumann. Wir sehen uns morgen früh."

„Danke, gleichfalls", antwortete dieser. „Die Kollegen aus Donauwörth haben im Übrigen alle Unterlagen von Frau Seelmann aus ihrem Zimmer in diesem Pflegeheim zusammengesucht. Einschließlich der Papiere, die in der Heimverwaltung hinterlegt

waren. Man wird sie uns morgen Vormittag vorbei-
bringen. Ich denke, dass wir das Zimmer dann auch
wieder zur Weiterverwendung freigeben können?"

„Sofern die Kollegen von der Kriminaltechnik mit
ihrer Arbeit fertig sind, meinetwegen. Klären sie das
vorher aber noch ab. Nicht, dass uns zum Schluss
doch noch etwas durch die Lappen geht."

10. Kapitel

Stefanie Goldstein starrte nachdenklich auf die fettgedruckten Buchstaben in der Tageszeitung. Ihr Sohn hatte neben ihr Platz genommen und beobachtete sie aufmerksam, wobei er mit seiner Hand immer wieder beruhigend über ihren Arm strich.

„Was ist mit dir, Mom?", fragte er dabei mehrmals nach, bevor diese sich schließlich zu ihm drehte und ihm direkt ins Gesicht sah. Sie deutete mit ihrer rechten Hand auf die Zeitung. „Das ist die Frau, die dich auf die Welt geholt hat, Jakob", sprach sie mit etwas zittriger Stimme, um nach einer längeren Atempause fortzufahren. „Da dein Vater wusste, dass ich schon immer eine Abneigung gegen Krankenhäuser hatte, schlug er vor, eine Hausgeburt durchzuführen. Nur in einem Notfall wollten wir die Option Krankenhaus wahrnehmen." Jakobs Mutter deutete erneut auf die vor ihr liegende Zeitschrift.

„Ella Seelmann war eine sehr erfahrene Hebamme, die mich durch die komplette Zeit der Schwangerschaft begleitet hatte. Sie war beinahe wie eine Mutter zu mir. Ich war im siebten Monat, als ich immer wieder leichte Wehen bekam und sich mein Zustand verschlechterte. Ich musste fast die ganze Zeit liegen, durfte mich kein bisschen anstrengen. Ella meinte, dass die Gefahr einer Frühgeburt ansonsten zu groß wäre.

Meine Nerven waren während der gesamten Schwangerschaft stets bis zum Zerreißen gespannt. Ich war nicht einmal in der Lage, mir das Kind, das in meinem Bauch heranwuchs, im Ultraschall anzuschauen. Deshalb gibt es auch keine Bilder davon. Ich hätte es nicht ausgehalten, mein Kind heranwachsen zu sehen, nur um es zum Schluss doch zu verlieren. Ella war kurz davor, mich ins Krankenhaus einliefern zu lassen. Ich sah mich schon in einem dieser kalkweißen OPs liegen, konnte förmlich den Geruch wahrnehmen und bat sie inständig, noch abzuwarten. Sie versorgte mich mit homöopathischen Mitteln, wodurch sich die Situation Gott sei Dank etwas entspannte. Allerdings wurden die Tage und Nächte nicht einfacher für mich. Irgendwann wollte ich nur noch, dass es vorbei ist und ich dich endlich in meinen Armen halten kann." Jakobs Mutter griff nach ihrem Wasserglas und trank mit großen Schlucken daraus.

„War das der Grund, weshalb ihr keine weiteren Kinder haben wolltet?", fragte Jakob mit leiser Stimme.

Stefanie Goldstein stellte ihr Glas auf der Tischplatte ab und sah ihren Sohn an. Irgendetwas kam ihr fremd an ihm vor. Sie war es nicht gewohnt, dass sich Jakob so sehr für die Familiengeschichte interessierte. Doch sie schob diesen Gedanken gleich wieder beiseite. „Ja", hauchte sie mehr, als sie sprach. „Der Entschluss stand bei mir allerdings nicht sofort fest, da ich nach deiner Geburt noch gar nicht in der Lage war, über so etwas nachzudenken. Wie du siehst, bin ich ja nicht gerade ein körperliches Monstrum. Das bezieht sich auch auf den Rest meines Körpers. Ella Seelmann musste einen Dammschnitt durchführen, damit sie dich ohne Verletzungsgefahr aus mir herausbekam. Sie hatte mir, wie ich später erfuhr, nach Rücksprache mit deinem Vater ein Beruhigungsmittel gegeben, sodass ich deine Geburt beinahe wie in Trance erlebt habe. Selbst dann, als ich dich das erste Mal gesehen habe, hatte ich das Gefühl, noch immer schwanger zu sein. Mein Körper schien das ganze Geschehen nicht wirklich gut zu verkraften. Die Geburt des eigenen Kindes sollte doch im Leben einer Frau ein unvergessliches

Erlebnis darstellen. Ich jedoch habe kaum eine Erinnerung daran."

Stefanie nahm den Kopf ihres Sohnes in beide Hände und zog sein Gesicht mit einer sanften Bewegung an ihre Schulter, wobei sie einen tiefen Seufzer ausstieß. „Ich habe deine Geburt regelrecht verschlafen, Jakob." Sie drückte seinen Kopf langsam wieder von sich weg und sah ihm dabei lange in die Augen.

„Glaube mir, mein Schatz", sprach sie mit einer Bestimmtheit, wie es nur eine Mutter tun kann, die ihr Kind über alles liebt. „Es gab und gibt keine Sekunde in meinem Leben, in der dein Vater und ich nicht glücklich darüber waren, dass es dich gibt. Aber irgendwann war mir klar, dass ich wohl keine zweite Schwangerschaft mehr durchstehen würde, obwohl mir dein Vater während dieser ganzen Zeit immer zur Seite stand und mich in allem unterstützt hatte." Stefanie Goldstein sah auf ihre Uhr. „Wenn du möchtest, kannst du gerne hier übernachten und morgen vielleicht mit ihm darüber sprechen. Er wollte ja eigentlich schon vorgestern aus den Staaten zurück sein."

Jakob Goldstein sah seiner Mutter lange ins Gesicht, bevor er sich erhob. „Vielleicht ein anderes

Mal", lehnte er das Angebot seiner Mutter ab. „Du weißt, dass ich mich mit ihm seit einiger Zeit nicht besonders gut verstehe. Er hätte es nicht mehr nötig, so oft unterwegs zu sein und dich hier alleine zu lassen. Am Geld allein kann es doch nun wirklich nicht liegen." Jakob sah seine Mutter an, half ihr noch beim Abräumen des Geschirrs und verabschiedete sich anschließend mit einem Kuss auf ihre Wangen.

11. Kapitel

Drah' di net um, oh oh oh. Schau, schau, der Kommissar geht um! oh oh oh….

Als Kriminaloberkommissar Peter Neumann in der darauffolgenden Nacht durch diesen Klingelton aus dem Schlaf gerissen wurde, wusste er sofort, wem er den Weckruf zu verdanken hatte. Mit einem leisen Seufzer griff er sich sein Smartphone und erkannte dabei auf dem beleuchteten Display, dass der neue Tag gerade einmal etwas mehr als zwei Stunden alt war.

„Guten Morgen, Herr Hauptkommissar. Als sie gestern sagten, wir sehen uns morgen früh, meinten sie aber nicht sooo früh, oder?"

„Guten Morgen, Neumann", hörte er die Stimme seines Vorgesetzten. „Lassen sie ihre Witzchen, mir ist nicht nach Scherzen zumute. Ziehen sie sich etwas an, ich warte hier unten vor ihrer Haustüre."

Die Verbindung wurde unterbrochen, was Peter Neumann dazu veranlasste, sich auf direktem Wege in sein Badezimmer zu begeben. Wenn Robert Markowitsch so kurz angebunden reagiert, liegt meistens etwas Unangenehmes in der Luft. Knapp zehn Minuten später saßen die beiden Kriminalbeamten nebeneinander im Dienstwagen des Kriminalhauptkommissars und befanden sich mit Blaulicht auf dem Weg stadtauswärts. Auf ein akustisches Einsatzsignal verzichtete Markowitsch, da um diese Zeit die Straßen fast leer waren.

„Darf ich erfahren, wohin sie mich in dieser lauschigen Vollmondnacht entführen wollen, Herr Markowitsch?", fragte Peter Neumann, der bis zu diesem Zeitpunkt von seinem Vorgesetzten noch keinerlei Erklärung für diesen nächtlichen Einsatz bekommen hatte.

„Wenn das stimmt, was ich erfahren habe, wird diese Nacht mit Sicherheit alles andere als lauschig werden, Neumann. Die Zentrale hat einen Notruf erhalten, der von einem Jagdpächter durchgeführt wurde. Er war wohl auf der Pirsch, um nach Wildschweinen Ausschau zu halten. Allerdings fand er sie diesmal nicht in seinem gewohnten Waldstück vor, sondern an einem Feldrand etwas außerhalb in der Nähe der Autobahn. Den genauen Wortlaut habe ich nicht mehr im Kopf, aber so wie es sich anhörte, erwartet uns dort draußen eine richtige Schweinerei."

Peter Neumann hielt sich die Hand vor den Mund, da er ein langgezogenes Gähnen nicht verhindern konnte. „Dann hat es wohl einen Jagdunfall gegeben? Aber was hat die Mordkommission damit am Hut? Außer, der Jäger hätte absichtlich danebengeschossen und dabei jemanden erwischt. Dann jedoch hätte er die Sache wohl nicht selbst angezeigt."

Der Kriminaloberkommissar dachte kurz nach, bevor er weitersprach. „Da wird sich unser Oberstaatsanwalt aber freuen, wenn sie ihn um diese Zeit aus dem Bett holen."

Robert Markowitsch konnte ein zweideutiges Lächeln nicht unterdrücken. „Ganz im Gegenteil. Nicht ich werde ihn aus dem Bett holen, sondern er hat mich rausgeklingelt."

Peter Neumann war erstaunt. „Die Staatsanwaltschaft vor uns am Einsatzort? Wie das denn?"

Robert Markowitsch steuerte seinen Wagen von der B17 am Kreuz Augsburg West in Richtung Stuttgart. „Ich habe keine Ahnung, was uns genau erwartet, Neumann. Als mich Bergers Anruf aus dem Schlaf gerissen hat, erhielt ich lediglich die Order, schnellstmöglich mit ihnen zusammen an die Grünbrücke bei Adelsried zu kommen. Gedulden sie sich noch ein wenig, dann werden wir genau erfahren, weshalb Berger so geheimnisvoll tat."

Schon kurz nachdem sich die beiden Kriminalbeamten auf der A8 befanden, konnten sie in der Ferne, eine durch Flutlichtstrahler beleuchtete Stelle erkennen, welche die unmittelbare Umgebung in der ohnehin schon mondhellen Nacht beinahe taghell erscheinen ließen. Blaulichter der Einsatzfahrzeuge sorgten dafür, dass der Verkehr in beiden Richtungen langsamer, ja fast zähfließend wurde.

Robert Markowitsch schaltete das Martinshorn ein, und fuhr so zügig als möglich an der sich bildenden Autoschlange vorbei.

„Wir drehen bei Adelsried schnell um", sagte er kurz. „Ich habe keine Lust, die Autobahn zu Fuß zu überqueren und mich dabei von irgendeinem Trottel über den Haufen fahren zu lassen, nur, weil er aus lauter Neugier nicht auf die Straße achtet."

Es dauerte keine fünf Minuten, als Robert Markowitsch seinen Wagen hinter dem Fahrzeug von Frank Berger auf dem Seitenstreifen anhielt und den Motor abstellte. Im Bereich des Einsatzortes war die Autobahn durch die Kollegen der Verkehrspolizei mit zwei Fahrzeugen abgesichert.

Als Peter Neumann nach seinem Vorgesetzten den Wagen verlassen hatte, sog er zunächst einmal die kühle Nachtluft in seine Lungen, um die Müdigkeit aus den Gliedern etwas zu vertreiben. Er streckte sich kurz und sah sich anschließend um. Man hatte in einiger Entfernung eine weiße Plane als Sichtschutz aufgestellt, um die neugierigen Blicke der Autofahrer abzuhalten. Diese schlichen seit einigen Minuten regelrecht an der Unfallstelle vorbei. Markowitsch sah aber auch, dass sich die immer länger gewordene Schlange aus Blechkarossen langsam auflöste, da die Kollegen der Verkehrspolizei schon entsprechende Maßnahmen ergriffen hatten. Einer der Männer schüttelte nur den Kopf über die Unvernunft der Menschen in den Fahrzeugen.

Als die beiden Kripobeamten auf den durch den Sichtschutz abgesperrten Bereich zugingen, kam ihnen bereits Oberstaatsanwalt Frank Berger entgegen. „Da sind sie ja, meine Herren. Schön, dass sie sich so schnell aus Morpheus Armen lösen konnten."

„Ich hoffe nur für sie, dass es einen triftigen Grund für diese nächtliche Aktion gibt, Herr Berger", begrüßte Robert Markowitsch den Augsburger Oberstaatsanwalt mit hörbar mürrischem Tonfall. „Ihnen dürfte doch sicherlich bekannt sein, dass Menschen in meinem Alter einen ausreichenden

Schlaf benötigen."

„Nun tun sie mal nicht so, als würden sie übermorgen in den Ruhestand gehen, Markowitsch", antwortete Frank Berger, als er Peter Neumann ebenfalls die Hand reichte. „Ich bin schließlich auch nicht zu meinem Vergnügen um diese Zeit an der A8 unterwegs." Er führte den Kripochef und dessen Kollegen um den Sichtschutz herum, hinter welchem drei Mitarbeiter der Spurensicherung ihre Arbeit verrichteten. Als Robert Markowitsch erkannte, dass es sich dabei nicht um Rolf Zacher und sein Team handelte, wollte er Frank Berger zunächst darauf ansprechen, unterließ es dann aber, um keinen unnötigen Wortwechsel zu provozieren. Stattdessen blickte er kurz in die Runde, erkannte den Mann, der vermutlich für die Alarmierung zuständig war. Er stand neben einem vermutlich erschossenen Wildschwein, das anhand der Bodenbeschaffenheit hier mit wohl mehreren Artgenossen gewütet haben musste.

Da er aus seiner Position zunächst nur den Rücken von zwei Kollegen der Spurensicherung vor sich hatte, trat er näher an die Stelle heran, an denen die beiden ihre Arbeit verrichteten. Nachdem er jedoch erkannte, womit diese Kollegen beschäftigt waren, drehte er sich abrupt um und musste einen reflexartig aufkommenden Würgereiz unterdrücken.

Frank Berger, der dies beobachtet hatte, trat neben Markowitsch und legte ihm die Hand auf die Schulter. „Keine Bange", meinte er, den Leiter der Augsburger Mordkommission trösten zu müssen. „Mir ist es vorhin fast genauso ergangen, wie ihnen eben."

Ein Blick aus den funkelnden Augen des Hauptkommissars traf den Oberstaatsanwalt. „Ach, was sie nicht sagen, Berger. Hätten sie mich da nicht wenigstens vorwarnen können?"

Frank Berger hob wie abwehrend beide Hände. „Was denn, Markowitsch. So empfindlich heute? Ist doch nicht die erste Leiche, die sie in ihrer Laufbahn zu Gesicht bekommen."

„Das nicht", kam dessen Antwort. „Allerdings war bisher noch keine dabei, der das Gesicht bis zur Unkenntlichkeit angefressen war, und das, wenn ich eins und eins zusammenzähle, wohl von einem Wildschwein."

Frank Berger nickte, was die Vermutung von Robert Markowitsch bestätigte. „Nicht nur von einem", meinte dieser. „Laut Aussage von Winfried Kammler, dem Jagdpächter, haben drei von den

Biestern die Erde um diesen Stein herum aufgewühlt. Er dachte zunächst, dass sie hier irgendwelche Ackerfrüchte gewittert hätten. Dass es sich um eine Gedenkstätte für ein Ehepaar handelt, das vor gut einem Jahr hier tödlich verunglückt ist, stellte er erst beim Näherkommen fest, nachdem er eines der Tiere erlegt hatte. Die anderen haben sich dadurch wohl in das Waldstück zurückgezogen."

„Übrigens, Berger. Wie kommt es denn zustande, dass sie so geraume Zeit vor uns am Einsatzort sind? Der normale Ablauf der Dinge besteht doch darin, dass sie von uns verständigt werden und nicht umgekehrt?" Robert Markowitsch stand mit in den Manteltaschen eingegrabenen Händen vor dem Augsburger Oberstaatsanwalt.

„Das liegt wohl an den Verwandtschaftsverhältnissen", gab Frank Berger zur Antwort, wobei er auf den Jagdpächter deutete, der etwas abseits von ihnen stand und gerade von Peter Neumann befragt wurde. „Er ist der Grund, weshalb ich diesmal schneller war als sie."

„Schwein gehabt", sagte Markowitsch zweideutig, als die Männer der SpuSi den Kadaver des erlegten Keilers in eine Plane schlugen, um ihn anschließend in ihr Fahrzeug zu laden.

„Gibt's einen Hinweis auf die Identität des Mannes?", fragte er den Leiter der SpuSi, was dieser jedoch nur mit einem kurzen Kopfschütteln verneinte. „Tut mir leid, Herr Hauptkommissar. Wir haben weder Papiere noch Handy gefunden. Nur leere Taschen."

„Den Toten und das Biest bitte auf schnellstem Weg in die Gerichtsmedizin, mit einem Gruß an den Kollegen Zacher", wies Frank Berger die Kollegen an. „Wir brauchen die Obduktionsergebnisse so schnell es geht."

„Werden wir ihm ausrichten, Herr Oberstaatsanwalt", bekam er zur Antwort, als der Jagdpächter plötzlich neben ihm stand.

„Brauchst du mich hier noch, Frank?", wollte er wissen. „Ich will nachsehen, ob ich die anderen beiden Aasfresser vielleicht noch irgendwo erwischen kann."

Frank Berger blickte zu Peter Neumann, während er antwortete: „Meinetwegen kannst du gehen, sofern die Kollegen keine Fragen mehr an dich haben."

Peter Neumann deutete mit einer Handbewegung und leichtem Kopfnicken an, dass er momentan keine weiteren Fragen hatte.

„Gut", meinte der Oberstaatsanwalt mit einem

Blick auf seine Uhr. „Damit sollten wir für den Moment wohl fertig sein. Ich für meinen Teil werde mich noch ein paar Stunden aufs Ohr legen. Sollten sie übrigens auch tun. Wir treffen uns nach dem Mittag in meinem Büro."

Er sah einmal kurz in die Runde, winkte mit einer kurzen Handbewegung den Einsatzleiter zu sich und ordnete an, den Bereich um die Fundstelle nach Rücksprache mit Winfried Kammler bis auf weiteres abzusperren.

12. Kapitel

Als Hauptkommissar Robert Markowitsch an diesem Tag nach dem Mittagessen im Büro des leitenden Oberstaatsanwalts Frank Berger eintraf, erwartete dieser schon ungeduldig das Erscheinen der beiden ermittelnden Beamten.

„Da sind sie ja endlich, Markowitsch", sprach er und deutete ihm mit einer Handbewegung an, Platz zu nehmen. „Wo haben sie denn ihren Kollegen gelassen?"

Der Kriminalhauptkommissar zuckte mit den Schultern. „Wird schon noch auftauchen. Geben sie ihm noch ein paar Minuten. Soweit ich mich erinnere, haben sie etwas von *nach* dem Mittag gesagt. Im Normalfall ist Neumann zwar immer vor mir im Büro, aber es kann ja auch mal eine Ausnahme geben."

Frank Berger lehnte sich in seinem Sessel zurück, schlug die Beine übereinander und faltete die Hände hinter dem Kopf. „Was sagen sie zu der Geschichte von heute Nacht, Markowitsch? Sah ganz schön makaber aus. Ich habe ja schon einige Leichen gesehen, zwangsläufig auch mal eine, die nicht gerade friedlich eingeschlafen aussah, aber das heute an der Autobahn …"

Robert Markowitsch winkte abrupt ab. „Hören sie auf, Berger. Ich habe gerade erst das Mittagessen hinter mir und möchte gerne, dass es auch dort bleibt, wo es momentan ist."

„Schon gut, schon gut", winkte der Oberstaatsanwalt ab. „Haben sie schon eine Idee, wie wir weitermachen? Da ist ja auch noch die Geschichte mit der Toten in Donauwörth. Gibt's da schon etwas Neues?"

Markowitsch erhob sich von seinem Platz und begann, einige Schritte im Büro auf und ab zu gehen.

„Nicht direkt", antwortete er auf die Frage. „Ich habe zwar gestern noch ein paar Informationen von der Kriminaltechnik erhalten, aber da war bislang nichts dabei, das wir nicht schon wussten. Bis auf die Tatsache, dass sie wohl nach ihrem Tod auch noch massiv misshandelt wurde. Zacher meinte, dass ihr wohl durch mehrere, massive Fußtritte das Handgelenk zertrümmert wurde. Da dürfte also jede Menge Hass im Spiel gewesen sein. Dabei frage ich mich nun, wer einen Grund zu solch einer Reaktion gehabt haben könnte? Ich denke, dass wir erst einmal herausfinden sollten, ob es sich um eine Tat mit privatem oder beruflichem Hintergrund handelt."

„Inwiefern sollte es berufliche Hintergründe geben, Markowitsch?", wollte Frank Berger wissen. „Die Frau war weit über siebzig Jahre alt, da dürfte das Berufsleben schon eine ganze Weile zurückliegen."

„Stimmt sicherlich" gab der Hauptkommissar zu. „Deshalb wird es nicht ganz einfach werden und auch nicht vorgestern erledigt sein", spielte er auf die Lieblingsforderung der Staatsanwaltschaft an, einen Fall so bald als möglich positiv abzuschließen. „Außerdem kommt ja jetzt auch noch die Geschichte von heute Nacht dazu. Da wäre es doch zu überlegen, ob wir den Fall aus Donauwörth nicht doch an die Dillinger Kollegen abgeben sollten."

Frank Berger schnellte wie von einer Feder getrieben aus seinem Sessel in die Höhe. Mit wenigen Schritten war er um seinen Schreibtisch herum und stand nur zwei, drei Schritte von Markowitsch entfernt, eine Hand in der Hosentasche, die andere mit einer abwehrenden Bewegung leicht erhoben. „Kommt mir nicht in die Tüte. Ich mache mich doch nicht zum Affen bei den Kollegen, indem ich zuerst alles daransetze, dass meine besten Leute den

Fall behalten, nur um dann einzugestehen, dass wir uns übernommen haben." Er setzte sich mit der rechten Gesäßhälfte auf seinen Schreibtisch. „Nein, Markowitsch, da muss es einen machbaren Weg geben, beide Fälle parallel abzuarbeiten. Brauchen sie vielleicht noch personelle Unterstützung?"

Das waren in den Augen des Augsburger Kriminalhauptkommissars ganz seltene Töne. Frank Berger schien tatsächlich etwas unter Druck zu sein. Mal wieder zwei Verbrechen zur beinahe gleichen Zeit in seinem Zuständigkeitsbereich. Diesmal auch noch vom Tatort her in keinerlei Zusammenhang zu bringen. Aber er und Neumann konnten sich nun mal nicht zweiteilen. Also eins nach dem anderen abhandeln und hoffen, dass man so rasch als möglich wenigstens ein paar positive Ermittlungsergebnisse liefern konnte.

Wenn die Presse etwas Erfolgreiches zum Schreiben hat, bleibt sie doch um einiges ruhiger. Panikmache und negative Schlagzeilen wären nicht nur für Frank Berger ärgerlich, sie würden auch die Ermittler zunehmend unter Zeitdruck setzen. Markowitsch als erfahrener Kripobeamter konnte zwar mit solchen Situationen umgehen, aber im gesamten Gefüge besteht unter dem Druck und auch unter dem nicht zu unterschätzenden Einfluss der Presse immer die Gefahr von Fehlern.

„Ich sähe da schon eine Möglichkeit der Unterstützung, indem sie Rolf Zacher für eine Zeitlang von anderen Aufgaben entbinden, wenigstens bis wir einen der beiden Fälle geklärt haben. Es gibt doch sicherlich noch genügend andere Kollegen innerhalb der Gerichtsmedizin, die sie einsetzen können."

Der Oberstaatsanwalt begab sich an seinen Platz und öffnete sein Notebook, um die aktuelle Lage abzuschätzen. „Geben sie mir ein paar Minuten, Markowitsch", meinte er. „Ich werde sehen, was sich machen lässt. Sie wissen aber schon, dass ich Rolf Zacher nur äußerst ungern von meinem anderen Fall abziehe, denn es geht darum festzustellen, ob dabei letztendlich Vorsatz oder Notwehr greift. Ich lege nun mal den allergrößten Wert auf sein Urteil, da er ja einer der Wenigen auf seinem Gebiet ist, die eine beinahe hundertprozentige Trefferquote vorweisen können."

„Aber sicher weiß ich das, Berger", antwortete Robert Markowitsch mit einem Lächeln. „Das ist ja auch haargenau einer der Gründe, weshalb ich ihn unbedingt dabeihaben will. Und zwar nicht nur für ein paar schnelle Ergebnisse, sondern vom Anfang bis zum Ende."

*

Nachdem Frank Berger zum wiederholten Male auf seine Uhr blickte, betrat just in diesem Moment Peter Neumann das Büro der Staatsanwaltschaft.

„Na, auch schon ausgeschlafen, Herr Oberkommissar?", wollte er wissen.

„Mahlzeit", erwiderte Peter Neumann die freundliche Begrüßung und schob den letzten Bissen seines Brötchens in den Mund. „Bitte entschuldigen sie die kleine Verspätung, aber ich wollte meine Recherchen nicht unterbrechen, da sich dabei etwas Interessantes ergeben hat," sprach er, nachdem er fertiggegessen hatte.

„Sie waren schon im Büro?", wollte Robert Markowitsch wissen.

„Nein", winkte Peter Neumann ab. „Wie sie ja wissen, kann ich das, Dank der Technik, auch von Zuhause aus machen. Mich hat der Anruf des Donauwörther Kollegen erreicht, der mir mitteilte, dass es früher Gerüchte um Elvira Seelmann gegeben hat. Das muss allerdings schon an die zwanzig Jahre oder sogar noch länger her sein. Genau wusste er das nicht mehr, da es darüber, aus welchem Grund auch immer, keine Unterlagen mehr gibt. Das Ganze wurde sozusagen per Mundpropaganda übermittelt. Was letztlich daran wahr ist und was nicht, weiß keiner so recht."

Oberstaatsanwalt Frank Berger, der die detailgetreuen Ausführungen Peter Neumanns nur zu gut kannte, zog die Augenbrauen hoch und machte eine lockende Handbewegung. „Nun lassen sie's schon raus, Neumann. Wir haben zwei Mordfälle aufzuklären, da sehe ich keine Zeit für langatmige Erzählungen. Die können sie gerne in ihrem späteren Bericht unterbringen, wenn wir denn irgendwann einmal so weit sein sollten."

„Menschenhandel!"

Dieses Wort kam dermaßen unrealistisch über die Lippen des Kriminaloberkommissars, dass sowohl Frank Berger, als auch Robert Markowitsch nochmals nachfragten, doch Peter Neumann beharrte auf seinen Informationen. „Achim Schachter hat mir erzählt, dass Elvira Seelmann verdächtigt wurde, mindestens einmal, möglicherweise aber auch öfters, Neugeborene an zahlungswillige Ehepaare verkauft zu haben."

Frank Berger schüttelte unwillig seinen Kopf. „Herr Neumann", sprach er mit einer Stimmlage wie ein Versicherungsvertreter, der einen neuen Kunden gewinnen wollte. „Lassen wir die Spekulationen in ihrer Aussage doch mal beiseite. Was haben wir dann?" Der Oberstaatsanwalt machte eine künstlerische Pause nach seiner Frage, bevor er sich sogleich selbst die Antwort darauf gab. Diesmal allerdings jedoch mit einem bestimmten und wesentlich lauteren Tonfall. „Nichts haben wir, Neumann. Rein gar nichts, außer irgendwelchen Vermutungen, die vor Jahren in die Welt gesetzt wurden.

Denn so wie ich sie einschätze, haben sie natürlich sofort in diese Richtung recherchiert. Allerdings haben sie scheinbar keinerlei Hinweise auf die Bestätigung dieser Geschichte gefunden, habe ich Recht? Ansonsten hätten sie uns doch hier schon irgendetwas präsentiert, das diese Vermutungen belegen würde."

Frank Berger war bei seiner Rede beinahe in Rage gekommen, sodass er sich jetzt erst einmal wieder in seinen Sessel hinter dem Schreibtisch fallen ließ. Peter Neumann indes fühlte sich nicht etwa wie ein Schuljunge, der soeben von seinem Klassenlehrer eine saftige Standpauke wegen seiner nicht sorgfältig erledigten Hausaufgaben bekommen hatte. Im Gegenteil. Er wandte sich nun, den Oberstaatsanwalt bewusst ignorierend, an seinen Vorgesetzten.

„Zuerst war ich ja ähnlicher Meinung wie der Herr Oberstaatsanwalt. Aber sie kennen mich, Herr Markowitsch. Ich hatte in diesem Moment ein seltsames Gefühl in meiner Magengegend, das mir sagte, dass an dieser Geschichte irgendetwas nicht ganz astrein ist, dass …,"

„Mit Gefühlen kann man keinen Mord aufklären", fiel Frank Berger dem Oberkommissar ins Wort. „Das sollten gerade sie als Kriminalbeamter doch wissen."

„Nun lassen sie ihn doch wenigsten einmal ausreden, Berger", fuhr Robert Markowitsch dazwischen. „Kann ja sein, dass sie während der Arbeit ihre Gefühle zu Hause lassen. Bei uns ist das nicht so. Herr Neumann hat doch vorhin erwähnt, dass er etwas Interessantes herausgefunden hat."

Der Ärger aufgrund der kleinen Maßregelung von Seiten des Augsburger Hauptkommissars war dem Oberstaatsanwalt ganz genau anzusehen. Er zwang sich in diesem Augenblick jedoch dazu, eine Antwort darauf unausgesprochen hinunterzuschlucken. „Weiter im Text, Neumann", forderte Markowitsch seinen Kollegen auf, da er ihn in den letzten Jahren doch ziemlich genau kennengelernt hatte. Wenn dieser sich mal irgendwo festgebissen hat, war er nur schwer wieder davon wegzubekommen. Außer, man hat absolut schlagkräftige und überzeugende Argumente dafür.

Peter Neumann wandte sich nun wieder an den Oberstaatsanwalt und versuchte ruhig zu bleiben. „Sie haben mich richtig eingeschätzt, Herr Berger", meinte er. „Natürlich habe ich sofort in dieser Richtung nachgeforscht. Ich bin dabei aber, entgegen ihrer Annahme, auch auf etwas gestoßen, was diese Gerüchte bestätigen könnten." Er trat an den Schreibtisch von Frank Berger heran und legte einige ausgedruckte Seiten Papier darauf ab. „Es handelt sich hierbei sowohl um aktuelle, als auch ältere Kontoauszüge von Elvira Seelmann. Wenn man bedenkt, was eine Hebamme damals verdiente, oder auch heute verdient, kommen schon gewisse Zweifel auf, wie diese Summe auf ihrem Konto zustande kam."

„Zum jetzigen Zeitpunkt ein weiterer Ermittlungsansatz, allenfalls noch ein Indiz. Die Frau könnte beispielsweise geerbt haben. Auch ein Lottogewinn, oder was weiß ich könnten ebenfalls einen

Geldsegen gebracht haben." Frank Berger sah Peter Neumann fragen an. „Ich nehme an, dass es in den Kontodaten keinen detaillierten Hinweis auf die Geldquelle gibt?"

„Nein", musste der Kriminaloberkommissar eingestehen. „So weit reichen die Aufzeichnungen leider nicht zurück. Vom Bankpersonal selbst ist auch niemand mehr auszumachen, der Ella Seelmann in dieser Angelegenheit betreut hätte. Zwei der älteren Kollegen dort sind bereits verstorben, das hilft uns nicht weiter. Ich habe von den Donauwörther Kollegen alles an schriftlichen Unterlagen und Aufzeichnungen aus dem Zimmer der Toten erhalten. Möglicherweise stoßen wir da noch auf einen entscheidenden Hinweis. Allerdings müssen die restlichen Sachen erst noch fertig ausgewertet werden."

13. Kapitel

Stefanie Goldstein saß seit über 2 Stunden in einem kleinen italienischen Café im Donau-wörther Ried. Lange hatte sie hin und her überlegt, ob Jakob mit den Verdächtigungen seinem Vater gegenüber vielleicht doch richtiglag? Hatte Maximilian womöglich doch eine Affäre? Nervös kaute sie immer wieder an ihrer Unterlippe, versuchte, Klarheit in ihre Gedanken zu bekommen. Letztlich reifte jedoch der Entschluss in ihr, dass sie ihm nach wie vor vertraute. Sie wollte und konnte es sich nicht vorstellen, dass er sie betrog. Natürlich war es wohl auch in ihrer Ehe nicht viel anders, als in so manch anderer Beziehung, die schon viele Jahre andauerte. Aber noch einmal sagte sie sich, dass es keinen Grund zum Zweifeln gab. Sie nahm ihr Glas zur Hand, wobei sie mit der anderen den darin befindlichen Strohhalm zum Mund führte, um den Rest ihres Latte Macchiato auszutrinken. Nachdem sie ihre Rechnung beglichen hatte, machte sie sich entschlossen auf den Weg, der sie aus der Fußgänger-zone über die Wörnitzbrücke durch das Rieder Tor in die Spitalstraße führte. Am Bürgerspital, einem der Donauwörther Seniorenheime vorbei, bog sie schließlich in die Kapellstraße ein und stand schon wenige Augenblicke später vor dem Eingang der Donauwörther Polizeiinspektion. Nachdem sie die Glocke betätigt und durch die Sprechanlage kurz ihr Anliegen vorgetragen hatte, wurde ihr die Tür geöffnet. Sie betrat den Innenraum und wurde kurz darauf von einem Polizeibeamten in Empfang genommen. Dieser begleitete Stefanie Goldstein in ein Büro, um die Vermisstenanzeige aufzunehmen.

„Seit wann genau vermissen sie ihren Mann, Frau Goldstein?", stellte er seine erste Frage. Stefanie Goldstein lehnte sich zurück und versuchte nun, sich etwas zu beruhigen. Sie griff nach dem Wasserglas, das man ihr angeboten hatte und nahm einen kleinen Schluck daraus, bevor sie antwortete.

„Es ist jetzt schon der vierte Tag. Dass er sich zwei Tage verspätet, wusste ich ja. Er hatte mir eine Nachricht geschickt, dass sich sein Rückflug verzögern würde. Nachdem ich allerdings am Tag darauf nichts von ihm gehört hatte, rief ich ihn an, konnte ihn jedoch nicht erreichen. In seinem Hotel sagte man mir, dass er pünktlich ausgecheckt hätte."

„Wissen sie, wann genau der Rückflug stattfinden

sollte, beziehungsweise wann ihr Mann in Deutschland ankommen wollte?"

Stefanie Goldstein knetete sich nervös die Hände, als sie dabei langsam ihren Kopf schüttelte. „Nein, das hat er mir nicht geschrieben. Er wollte sich direkt bei Jakob, unserem Sohn, melden. Der sollte ihn vom Flughafen abholen."

Der Polizeibeamte zögerte einen kurzen Moment, bevor er weiter fragte: „Wo befindet sich ihr Sohn zurzeit, Frau Goldstein. Ich frage dies nur, weil es mich etwas verwundert, dass er in dieser Situation nicht bei ihnen ist."

„Er weiß nicht, dass ich hier bin", antwortete die Angesprochene mit einem Seufzer. „Jakob meint immer, dass ich mir zu viele Sorgen mache. Manchmal glaube ich beinahe, dass es ihm egal ist, ob sein Vater zuhause ist oder nicht."

„Das klingt nicht gerade nach einer harmonischen Vater-Sohn-Beziehung", entgegnete der Beamte.

Stefanie Goldstein winkte jedoch sogleich ab. „Wissen sie", versuchte sie kurz zu erklären, „Jakob versucht seit einiger Zeit, auf eigenen Beinen zustehen. Selbstverständlich soll er die schönen Seiten seiner Jugend auch genießen. Er bekam ausreichend

Gelegenheit dazu. Aber irgendwann gehen die Vorstellungen zwischen Jung und Alt doch etwas auseinander, wenn sie verstehen, was ich meine.

„Abnabelungsprozess", nickte der Polizist. „Kann ich mir gut vorstellen, dass es da zu manchen Reibungspunkten kommt."

Stefanie Goldstein legte ihren Kopf etwas schief, zog die Augenbrauen in die Höhe und nickte dabei, bevor sie weitersprach. „Natürlich war mein Mann ab und zu schon einmal einige Tage länger auf einer Geschäftsreise, als es im Vorhinein geplant war." Sie hob dabei ihre rechte Hand. „Aber bevor sie jetzt irgendeine falsche Schlussfolgerung ziehen: unsere Ehe war und ist harmonisch und es gibt keinen Grund, dass ich mir in dieser Hinsicht Gedanken machen müsste."

Der Beamte blickte für einige Sekunden in das Gesicht der vor ihm sitzenden Frau. „Also gut", meinte er schließlich. „Ich werde mit den zuständigen Kollegen sprechen und wir werden der Sache nachgehen. Es lässt sich anhand der Passagierlisten sicherlich schnell nachprüfen, ob ihr Mann in den Flieger nach München gestiegen ist oder nicht."

Er schob einen kleinen Notizzettel über den Schreibtisch und reichte Stefanie Goldstein einen

Kugelschreiber. „Bitte notieren sie mir die Handynummer ihres Mannes, für den Fall, dass wir sein Telefon orten müssten. Die Nummer ihres Sohnes bitte auch, falls wir irgendwelche Fragen an ihn haben sollten."

*

„Die Goldsteins sind eine bekannte Familie hier in Donauwörth", meinte Achim Schachter, als ihm sein Kollege von der Vermisstenanzeige erzählte. „Wir sollten der Sache auf jeden Fall nachgehen. Ob tatsächlich etwas dabei herauskommt, ist eine andere Geschichte. Aber wir werden uns nicht nachsagen lassen, dass wir nicht alles unternommen hätten, um einen angesehenen Steuerzahler dieser Stadt zu helfen. Gib die Informationen an die Vermisstenstelle vom LKA. Nachdem Herr Goldstein ja mit dem Flieger in München ankommen sollte, dürfte die Sache dort am besten aufgehoben sein."

14. Kapitel

Frank Berger, der leitende Augsburger Oberstaatsanwalt, hatte sich als nervenstärkende Grundlage ein ausgiebiges Frühstück gegönnt und befand sich nun auf dem Weg zu seinem Wagen, um nach Donauwörth zu fahren. Der dortige Bürgermeister hatte ihn, auch auf Druck der Öffentlichkeit, um eine kurze Pressekonferenz gebeten. Als er gerade per Infrarotfernbedienung die Fahrzeugtüren öffnete, vernahm er den Klingelton seines Handys. Frank Berger blieb stehen, zog das Gerät aus der Tasche seines Jacketts hervor und meldete sich. Etwas überrascht vernahm er die Stimme von Rolf Zacher.

„Herr Zacher. Was gibt es denn so Dringendes, dass sie mich direkt anrufen? Ich bin auf dem Weg nach Donauwörth, Wenn es also nicht eilig ist, melden sie sich bitte später nochmal." Nach einem kurzen Blick auf seine Uhr meinte er: „Gegen elf Uhr müsste ich zurück sein."

„Ihre Sekretärin sagte mir schon, dass sie auf dem Weg zu einer Pressekonferenz sind. Ich hätte da eventuell noch eine interessante Neuigkeit für sie, welche die ganze Sache nicht gerade durchsichtiger macht."

„Sie sprechen in Rätseln, Herr Zacher. Wie könnte der Mord an der alten Frau noch undurchsichtiger werden, als er im Moment ohnehin schon ist. Wir haben bis jetzt noch kein handfestes Motiv in dieser Angelegenheit, geschweige denn einen Tatverdächtigen."

„Richtig", bestätigte Rolf Zacher die Aussage des Oberstaatsanwalts. „Deshalb werden sie über meine interessante Neuigkeit wohl auch nicht besonders erfreut sein. Sie betrifft den bisher noch unbekannten Toten an der Autobahn."

Es dauerte ein paar Sekunden, bevor Frank Berger etwas missmutig antwortete. „Moment mal", rief er aufgebracht in sein Telefon. „Wir hatten doch ganz klar abgesprochen, dass sie diese Geschichte erstmal zurückstellen, damit sie sich mit Markowitsch und Neumann auf den Donauwörther Fall konzentrieren können. Kein Wunder, dass wir nicht vorankommen, wenn hier scheinbar jeder macht, was er will, anstatt sich an die getroffenen Absprachen zu halten." Der Oberstaatsanwalt schien in diesem Augenblick ziemlich ungehalten zu sein. Der Leiter der kriminaltechnischen Abteilung hatte

Mühe, Frank Berger wieder etwas zu beruhigen. „Nun lassen sie mich doch erstmal ausreden, Herr Berger. Ich habe in dieser Angelegenheit auch gar nicht weitergemacht, sondern lediglich einen Kollegen gebeten, die in jedem ungeklärten Todesfall anstehenden Routineaufgaben durchzuführen. Dabei stellten sich ein paar Dinge heraus, die für sie sicherlich nicht ganz uninteressant sein dürften.“

Frank Berger blickte kurz auf seine Uhr, bevor er sichtlich nervös antwortete. „Also gut. In Gottes Namen, Herr Zacher. Nun schießen sie schon los. Was hat ihr Kollege denn herausgefunden?“

„Zum einen“, antwortete der Polizeiarzt, „dürfte es nach Beschaffenheit der Kleidung zu beurteilen, noch keine achtundvierzig Stunden her sein, dass man den Mann neben der Autobahn vergraben hat. Sein Alter dürfte nach den ersten Einschätzungen wohl so bei Anfang bis Mitte fünfzig liegen. Das Interessanteste allerdings ist die Tatsache, dass es bei der DNA eine sehr hohe Übereinstimmung mit dem Ergebnis der Hautpartikel gibt, die unter den Fingernägeln von Elvira Seelmann sichergestellt wurden.“

Das soeben Gehörte ließ Frank Berger einige Augenblicke nachdenken, bevor er fragte: „Eine Übereinstimmung sagen sie? Wie hoch?“

„Sehr hoch", meinte Rolf Zacher etwas gedehnt.

„Das würde bedeuten, dass es sich bei dem Toten von der A8 und dem vermeintlichen Täter im Mordfall Elvira Seelmann möglicherweise um ein und dieselbe Person handelt?"

„Ganz soweit würde ich jetzt noch nicht gehen", bremste Rolf Zacher den Rückschluss des Oberstaatsanwalts aus, aber auch ohne eine nachfolgende zweite DNA-Diagnose würde ich behaupten, dass sie zumindest enge Verwandte sind."

„Gut", murmelte Frank Berger in Gedanken an seinen bevorstehenden Termin. „Das macht die ganze Sache wohl nicht einfacher für uns, gibt mir aber die Möglichkeit, die Pressekonferenz in Anbetracht neu anstehender Ermittlungsergebnisse erheblich abzukürzen. Ich nehme an, dass sie Markowitsch und Neumann bereits über ihre neuen Erkenntnisse informiert haben?"

„Habe ich", bestätigte Rolf Zacher die Frage. „Markowitsch meinte jedoch, dass ich sie wegen ihres heutigen Termins am besten direkt informieren solle."

Der Augsburger Oberstaatsanwalt nickte. „Das war auch richtig so, Herr Zacher. Vielen Dank. Wir sprechen uns, sobald ich aus Donauwörth zurück bin. Am besten, wir treffen uns bei Markowitsch im Büro." Er beendete das Gespräch, steckte das Smartphone zurück in die Tasche und setzte sich hinters Steuer. Als er gerade den Motor gestartet hatte, vernahm er, nun über die Freisprechanlage des Wagens, erneut das Klingeln seines Telefons. Frank Berger drückte die Rufannahme am Lenkrad. „Haben sie etwas vergessen, Herr Zacher?", fragte er ganz automatisch in Bezug auf das soeben erst beendete Telefonat. „Hier ist Winfried", vernahm er die ihm bekannte Stimme aus den Lautsprechern. „Hallo Schwager", antwortete Frank Berger. „Tut mir leid, Winfried, aber ich bin etwas in Eile. Ich habe gleich eine Pressekonferenz in Donauwörth. Kann ich dich später zurückrufen?"

„Natürlich, Frank", antwortete Winfried Kammler. „Geht es bei deinem Termin um den Toten, den ich an der Autobahn gefunden habe?"

„Nein, das nicht", kam Frank Bergers Antwort. „Hier geht es um ein Tötungsdelikt in Donauwörth. Du hast sicherlich davon gehört."

„Ach ja, die Frau aus dem Pflegeheim. War ja in der Zeitung auch nicht zu übersehen."

„Leider", seufzte der Oberstaatsanwalt. „Ich darf jetzt wieder mit Engelszungen reden und versuchen, die Gemüter zu beruhigen." Mit einem Blick auf die Uhr sprach er weiter: „Ich muss jetzt auch los, Winfried. Was wolltest du denn eigentlich von mir?"

„Ich wollte nichts von dir, Frank. Im Gegenteil", gab der Angesprochene zurück. „Möglicherweise habe ich etwas für dich oder deine Kollegen. Als ich mich gestern Morgen nach der ganzen Geschichte an der A8 auf die Suche nach den anderen Wildschweinen gemacht habe, war ich leider nicht sehr erfolgreich. Ich bin deshalb vorhin noch einmal das Gebiet weitläufig abgegangen. Dabei habe ich neben einem Fußweg an der Grünbrücke ein ziemlich ramponiertes Handy gefunden. Vielleicht hat das ja irgendetwas mit dem Toten zu tun und könnte euch bei den Ermittlungen helfen."

Frank Berger, der bereits ein wenig unter Zeitdruck stand, startete seinen Dienstwagen. „Danke für den Hinweis, Winfried", gab er sich nur kurz angebunden. „Ich werde die Kollegen anrufen, damit sie das Gerät bei dir abholen. Entschuldige bitte, dass ich unser Gespräch beenden muss, aber ich hab's etwas eilig. Wir melden uns bei dir, danke nochmal." Damit beendete er das Gespräch und machte sich nun endgültig auf den Weg ins Donauwörther Rathaus.

*

Kriminalhauptkommissar Robert Markowitsch hatte gerade seine Mittagspause beendet. Als er die Tür zu seinem Büro aufsperren wollte, sah er den Augsburger Oberstaatsanwalt durch den Flur auf sich zukommen. Er wartete den kurzen Moment ab, bis Frank Berger vor ihm stand und nach einer kurzen Begrüßung hinter ihm den Raum, betrat.

„Na, konnten sie die aufgeregten Gemüter etwas besänftigen?", fragte Markowitsch, nachdem er hinter seinem Schreibtisch Platz genommen hatte. Frank Berger verdrehte etwas die Augen und winkte nur kurz ab, als er seufzend auf dem Besucherstuhl Platz nahm.

„Die Bürgermeister sind doch überall gleich, Markowitsch", meinte er. „Wenn es immer nach denen ginge, sollten die Verbrechen am besten schon aufgeklärt sein, bevor sie überhaupt stattgefunden haben. Natürlich sind die Argumente auf der einen Seite ja durchaus nachvollziehbar. Allerdings können wir uns die Ermittlungsergebnisse ja nicht aus den Fingern saugen."

Der Oberstaatsanwalt sah Robert Markowitsch über den Schreibtisch hinweg hoffnungsvoll an.

„Haben sie schon etwas Genaueres aus der Kriminaltechnik bekommen? Zacher wollte doch noch irgendeinen zweiten DNA-Test durchführen. Wenn der Tote von der A8 tatsächlich derjenige war, der Elvira Seelmann umgebracht hat, hätten wir wenigstens ihren Mörder, wenn auch noch kein nachvollziehbares Motiv für das Ganze."

Markowitsch jedoch konnte nur den Kopf schütteln und verneinte die Frage seines Gegenübers. „Tut mir leid, Berger", sagte er. „Bisher hat sich weder Kollege Zacher noch einer seiner Mitarbeiter bei uns gemeldet. Diese DNA-Geschichten nehmen eben etwas mehr Zeit in Anspruch. Momentan warte ich noch auf Neumanns Aussage, was die Analyse des Handys ergibt, das er von Winfried Kammler abgeholt hat."

„Ob uns das wirklich weiterbringt?", murmelte Frank Berger vor sich hin.

„Das werden wir sehen, wenn wir die Informationen haben", antwortete Robert Markowitsch. „Wir wissen ja noch nicht einmal, ob es dem Toten überhaupt gehörte." Er lächelte den Oberstaatsanwalt an. „Vielleicht war ja auch irgendein Liebespärchen unterwegs und einem von den beiden ist es im Übereifer aus der Tasche gefallen."

Frank Berger winkte bei dieser Vermutung allerdings nur ab. „Das glaube ich kaum, Markowitsch. Wissen wir denn eigentlich schon, um wen es sich bei der männlichen Leiche handelt?" Der Oberstaatsanwalt spürte einen kalten Schauer über seinen Rücken laufen, als er sich den Anblick des Leichnams vor Augen holte.

„Noch nicht", antwortete Markowitsch. „Die haben einen Spezialisten hinzugezogen, der versuchen wird, das Gesicht zu rekonstruieren. Zunächst wohl nur am Computer, aber auch das nimmt eben entsprechend Zeit in Anspruch."

„Dann werden wir eben jetzt die öffentlichen Medien einschalten", überlegte Frank Berger laut. „Irgendwo wird dieser Mann doch von irgendjemandem vermisst werden."

„Ach Berger", winkte Robert Markowitsch seufzend ab. „Sie wissen doch selbst, wie viele Menschen verschwinden, ohne dass es in der ersten Zeit überhaupt bemerkt, geschweige denn gemeldet wird." Der Kripochef erhob sich von seinem Platz, ging auf die Verbindungstüre zu Peter Neumanns Büro zu, öffnete diese und verschwand für einige Augenblicke darin. Kaum eine Minute später war er zurück und schloss die Türe hinter sich. Frank Berger sah den Kriminalhauptkommissar fragend an.

„Kollege Neumann arbeitet mit Hochdruck an der Entschlüsselung des Handys, seit wir es aus der Kriminaltechnik zurückhaben. Die Kollegen dort wollten dies zwar ursprünglich mit erledigen, aber Neumann dauerte das anscheinend zu lange. Ich will ihn momentan lieber nicht dabei stören, so hochkonzentriert wie er an seinem Computer hängt.“

Frank Berger stutzte etwas. Mit einem Fingerzeig auf die Bürotür von Peter Neumann zog er seine Stirn in Falten, als er fragte: „Muss ich davon ausgehen, Markowitsch, dass ihr Kollege wieder mal unbefugt irgendwelche Daten zusammensucht?“

Der Leiter des Augsburger K1 breitete unschuldig seine Arme aus und zuckte nur lächelnd mit den Schultern. „Wissen sie, Berger, ich kann zwar auf einem Computer Briefe schreiben und zwischenzeitlich auch mal irgendwelche Nachrichten lesen, aber das, was Neumann mit diesen Teilen anstellt, ist mir dann doch zu hoch. Solange seine Ergebnisse stimmen…“ Den Rest des Satzes ließ der Kriminalbeamte offen.

Entschlossen betrat Oberstaatsanwalt Frank Berger das Büro des Kriminaloberkommissars. „Guten Tag, Herr Neumann“, legte er dann auch sogleich mit einem etwas unmutigen Unterton in seiner Stimme los. „Markowitsch sagte mir gerade, dass sie eventuell meine Unterstützung benötigen?"

„Herr Oberstaatsanwalt", entgegnete Peter Neumann etwas überfreundlich, nachdem er kurzerhand zum Telefonhörer gegriffen hatte. „Gut, dass sie schon da sind. Gerade eben wollte ich sie anrufen." Er legte den Hörer zurück und drehte sich auf dem Stuhl seinem Besucher zu. „Ich benötige einen richterlichen Beschluss, um offiziell an die Daten des Smartphones zu gelangen und ein Bewegungsprofil zu erstellen. Ich habe zwar den Provider schon kontaktiert, aber die berufen sich natürlich standardmäßig mal wieder auf den Datenschutz. Außerdem kriegen sie um die Uhrzeit kaum mehr einen dort Verantwortlichen an die Leitung." Peter Neumann sah Frank Berger mit der Unschuldsmine eines Kleinkindes an. „Ich könnte natürlich auch, sagen wir mal bei Gefahr im Verzug …"

„Unterstehen sie sich, mein Freund", knurrte der Oberstaatsanwalt. „Sie wissen genau, dass im Zweifelsfall jeder Anwalt diese Vorgehensweise vor Gericht in Nullkommanichts zerpflücken würde." Frank Bergers Blick schien den Kriminaloberkommissar durchbohren zu wollen. Er deutete auf das

Handy, das Peter Neumann vor sich auf seinem Schreibtisch liegen hatte. „So wie ich sie kenne, Herr Neumann, wissen sie bereits, wem dieses Teil gehört. Wozu benötigen sie also überhaupt noch einen offiziellen Beschluss?"

„Naja", gab Peter Neumann etwas kleinlaut zu. „Ganz so weit bin ich noch nicht, da das Gerät durch eine spezielle Software verschlüsselt ist. Aber wenn Gefahr im Verzug ist, oder sie schnelle Ergebnisse brauchen, dann könnte ich versuchen..."

„Nichts da", winkte Frank Berger unwirsch ab. „Was sie nachts treiben, kann ich ihnen nicht verbieten. Wenn sie mit Markowitsch ermitteln, ist doch in irgendeiner Weise immer Gefahr im Verzug. Allerdings werden sie in meiner Gegenwart keine krummen Touren angehen. Ich werde mich um die nötige richterliche Anordnung kümmern. Wenn ich heute nichts mehr erreichen kann, dann eben morgen früh. Auf die paar Stunden kommt es ja jetzt wohl auch nicht mehr an. Vorausgesetzt, was ja noch nicht feststeht, dass die Handydaten überhaupt relevant für unseren Fall sind."

„Das können wir ja leider erst feststellen, wenn das Teil entsperrt ist", entgegnete Peter Neumann dem Oberstaatsanwalt, der dabei die Augen etwas verdrehte. Frank Berger wandte sich um und sah in das schmunzelnde Gesicht von Robert Markowitsch, der, mit vor der Brust verschränkten Armen, hinter ihm stand. Er wollte noch etwas sagen, schluckte seine Bemerkung aber unausgesprochen hinunter. „Einen angenehmen Feierabend wünsche ich den Herren", meinte er nur noch, als er das Büro verließ.

15. Kapitel

Stefanie Goldstein und ihr Sohn saßen am Küchentisch bei einer Tasse Kaffee zusammen. Jakob hatte sie schon am frühen Morgen angerufen und war nicht gerade bester Laune, was er seiner Mutter auch in keiner Weise verheimlichte. „Was soll das, Mom?", fragte er mit einer Stimmlage, die seinen Ärger deutlich zum Ausdruck brachte. „Weshalb ruft die Polizei bei mir an, um mich nach dem Verschwinden meines Vaters zu fragen? Wieso erzählst du mir nicht, dass du eine Vermisstenanzeige aufgegeben hast?"

Jakobs Mutter sah zunächst etwas nachdenklich auf ihre Tasse, die sie mit beiden Händen auf dem Tisch hielt, gerade so, als ob sie sich daran wärmen wollte. Sie schien nach den richtigen Worten zu suchen, um ihr Handeln ihrem Sohn gegenüber verständlich zu erklären. Als sie ihren Blick wieder hob, erkannte sie den ungeduldigen Ausdruck in Jakobs Gesicht. „Du kennst doch meine Meinung dazu. So oft, wie er ohne dich in der Weltgeschichte herumreist, kann ich mir nicht vorstellen, dass er die ganze

Zeit alleine verbringt."

Stefanie Goldstein versuchte ruhig zu bleiben. Sie legte ihre Hand auf Jakobs Unterarm, welchen dieser jedoch sofort wegzog. „Jakob. Bitte. Warum reagierst du in letzter Zeit so abweisend, wenn es um deinen Vater geht? Ich habe dir schon mehrmals gesagt, dass mich Maximilian nie betrügen würde. Alles was wir besitzen, haben wir uns gemeinsam erarbeitet. Das Grundstück, das Haus, die Autos. Deinen gelben Flitzer, den du zu deinem Geburtstag bekommen hast übrigens auch. Dein Vater würde das niemals aufs Spiel setzen, nur um irgendeine Affäre auszuleben. Genauso, wie ich es nicht fertigbringen würde, deinen Vater zu hintergehen. Wie haben immer alles gemeinsam entschieden und durchgezogen. Keiner von uns könnte dem anderen wehtun."

Jakob hatte die Worte seiner Mutter beinahe gleichgültig verklingen lassen. Als er gerade etwas entgegnen wollte, unterbrach das Klingeln des Telefons das Gespräch der beiden. Stefanie Goldstein nahm den Anruf entgegen und erfuhr sogleich, dass es erste Informationen zur Vermisstenanzeige ihres Mannes gäbe. Da es aus ermittlungstechnischen Gründen einfacher wäre, sollten diese an die Kollegen der Kriminalpolizei nach Augsburg übergeben werden, von wo aus man die Sache weiterverfolgen würde. Sie notierte sich den Namen des zuständigen Beamten und bedankte sich bei ihrem Anrufer, bevor sie das Gespräch beendete. Bittend sah sie ihren Sohn an, doch Jakob schien zu ahnen, was seine Mutter von ihm erwartete.

„Ich glaube nach wie vor nicht, dass ihm etwas zugestoßen ist. Wahrscheinlich wird er irgendwo einen gelungenen Geschäftsabschluss feiern und hat darüber die Zeit vergessen", meinte er, worauf Stefanie Goldstein über diese Aussage nur enttäuscht ihren Kopf schüttelte. „Nein, Jakob. Er hätte sich längst gemeldet", entgegnete sie, indem sie sich erhob. Jakob beobachtete sie dabei und konnte den Ausdruck aus ihren Augen nicht so recht deuten. Er lag wohl irgendwo zwischen Traurigkeit und Enttäuschung. „Ich habe keine Ahnung, was in der letzten Zeit zwischen euch beiden vorgefallen ist. Aber keine Bange. Ich werde nicht darauf bestehen, dass du mitkommst. Wenn du mich nicht begleiten willst, werde ich eben alleine nach Augsburg fahren."

16. Kapitel

Peter Neumann blickte von seinem Schreibtisch auf, als nach kurzem Anklopfen ein Mitarbeiter aus der Verwaltung sein Büro betrat.

„Guten Morgen, Herr Neumann", grüßte ihn der Kollege. „Dieses Schreiben kam vorhin ganz aktuell aus München herein. „Die Jungs vom LKA haben mitbekommen, dass hier ein unbekannter Toter gefunden wurde und man in diesem Zusammenhang nach entsprechenden Vermisstenanzeigen schaut." Er legte eine Mappe mit ausgedruckten Faxnachrichten auf dem Schreibtisch vor Peter Neumann ab. „Danke", meinte dieser. „Ich werde mir das sofort anschauen."

Fünf Minuten später, nachdem der Kriminaloberkommissar mehrfach das von den Kollegen des LKA erhaltene Schreiben durchgelesen hatte, begann es in seinem Inneren heftig zu arbeiten. Er nahm den Telefonhörer ab und wählte die Mobilfunknummer von Robert Markowitsch. Wenige Sekunden später vernahm er dessen Stimme laut und deutlich. Diese kam allerdings nicht nur aus dem

Lautsprecher des Telefons, sondern parallel dazu vom Flur vor der Bürotür, welche kurz darauf auch schon geöffnet wurde.

„Sie können es wohl gar nicht erwarten mich zu sehen, Neumann. Einen schönen guten Morgen", sprach der Kripochef, nachdem er sein Handy wieder eingesteckt und Peter Neumann die Hand gereicht hatte. Dieser war noch etwas überrascht vom plötzlichen Erscheinen seines Vorgesetzten und klebte beinahe auf seinem Stuhl. Doch nur Sekunden später holte er Luft, um Robert Markowitsch über die Neuigkeiten zu informieren. Der Kriminalhauptkommissar fiel ihm jedoch fast gleichzeitig ins Wort, als er kurz über seine Schulter blickte und die Papiere auf dem Schreibtisch entdeckte. „Was will denn das LKA von uns, Neumann? Die wollen sich doch hoffentlich nicht in unsere Arbeit einmischen, oder?", fragte er mit einem seltsamen Unterton in seiner Stimme.

Peter Neumann jedoch winkte nur kurz ab. „Keineswegs, Chef. Ganz im Gegenteil. Wie ich das im ersten Moment beurteilen kann, sieht das sogar nach einer gelungenen Zusammenarbeit aus."

Er hatte sich die Unterlagen zur Hand genommen und wedelte damit zwei, drei Mal durch die

Luft. Robert Markowitsch zog die Augenbrauen hoch, schaute seinen Kollegen fragend an und nahm die Papiere entgegen. Er las sich die ersten Zeilen genau durch und schaute anschließend kurz auf Peter Neumann, bevor er den Rest nur kurz überflog. „So wie ich das hier beurteile, sollten wir Frau Goldstein auf dem schnellsten Weg zu uns bestellen."

„Die Kollegen aus München haben sie bereits darüber informiert, dass die Unterlagen an uns übergeben wurden", antwortete Peter Neumann. „Ich gehe mal davon aus, dass sie sicherlich im Laufe des Tages bei uns erscheinen wird."

Der Kriminaloberkommissar überlegte einen Moment lang, bevor er weitersprach. „Ich hoffe nur, dass unser Herr Oberstaatsanwalt daran gedacht hat, den richterlichen Beschluss für den Provider zu beantragen. Ich würde mich nur ungern über seine Anordnung hinwegsetzen."

Robert Markowitsch legte die Unterlagen zurück auf Peter Neumanns Schreibtisch. Er musste beim letzten Satz seines Kollegen schmunzeln, wusste er doch genau, wie gerne Peter Neumann seine EDV-Leidenschaft auslebte, wobei er dabei schon manchmal die internen Grenzen zu überschreiten drohte. Bisher hatte man die Staatsanwaltschaft stets von der

Notwendigkeit der Recherchen überzeugen können, auch wenn dort schon mal beide Augen zugedrückt werden mussten. Zum Schluss zählten die Ergebnisse, wenn es darum ging, ein Verbrechen aufzuklären.

„Wobei: wenn ich die Details der Münchner Kollegen mit etwas Fantasie weiterspinne und wir ein klein wenig Glück haben sollten, könnten wir uns die Arbeit wohl sparen."

Das Gespräch der beiden Beamten wurde durch das Klingeln des Telefons unterbrochen. Der Kriminalhauptkommissar ging zu seinem Schreibtisch und erkannte beim Blick auf das Display, dass es sich um einen internen Anruf handelte. Er blickte kurz zu seinem Kollegen, während er die Rufannahme per Lautsprechertaste betätigte und sich meldete.

„Bei mir steht eine Frau Stefanie Goldstein aus Donauwörth", hörten die beiden Kripobeamten durch den Lautsprecher. „Sie sagte, dass sie die Kollegen vom LKA an uns verwiesen haben und dass sie wohl von ihnen erwartet wird."

Robert Markowitsch zog die Augenbrauen hoch, sah dabei fragend zu Peter Neumann. Dieser jedoch drehte beide Handflächen nach oben, gerade so, als wollte er dadurch andeuten: *habe ich doch vorhin schon gesagt.* „Danke, das geht in Ordnung", antwortete Markowitsch. „Bringen sie die Frau bitte in mein Büro."

Nachdem Stefanie Goldstein kurz darauf in Begleitung eines Polizeibeamten den Raum betreten hatte, bat Robert Markowitsch sie nach einer kurzen Begrüßung nach nebenan in das Büro von Peter Neumann. Dieser stellte sich kurz vor und begrüßte die Besucherin ebenfalls. Da sich die Unterlagen des LKA auf seinem Schreibtisch befanden, bat er sie, dort Platz zu nehmen. „Darf ich ihnen vielleicht einen Cappuccino oder etwas Anderes zu trinken anbieten, Frau Goldstein?", fragte Markowitsch zunächst.

„Cappuccino gerne, vielen Dank", antwortete ihm diese, wobei sie sich auf dem ihr angebotenen Stuhl niederließ. Nachdem Robert Markowitsch seinen Kollegen fragend ansah, dieser jedoch nur kurz verneinend den Kopf schüttelte, ging der Hauptkommissar nach nebenan in sein Büro, um das angebotene Getränk zuzubereiten. Peter Neumann nahm inzwischen hinter seinem Schreibtisch Platz. Für einen kurzen Augenblick lächelten sich die beiden Personen zu, bevor der Beamte nach den Unterlagen griff, um diese vor sich abzulegen. „Soweit ich das aus den uns vorliegenden Unterlagen herauslesen kann, haben sie ihren Mann bei den Kollegen in Donauwörth als vermisst gemeldet, Frau Goldstein", begann Peter Neumann das Gespräch.

„Ja, richtig", antwortete die Frau, wobei sie den Kriminaloberkommissar erwartungsvoll ansah. „Man sagte mir am Telefon, dass es Neuigkeiten von meinem Mann gibt, worauf ich natürlich sofort hierhergekommen bin. Ich kann nur nicht verstehen, was die Augsburger Mordkommission damit zu tun hat."

Robert Markowitsch war inzwischen mit den Kaffeetassen in Peter Neumanns Büro zurückgekommen und stellte eine davon vor Stefanie Goldstein ab, welche auch gleich einen Schluck daraus nahm. Anschließend richtete sie ihren Blick auf den Leiter der Mordkommission.

„Diese Frage können wir ihnen zu diesem Zeitpunkt leider noch nicht beantworten, Frau Goldstein", antwortete dieser. „Wir arbeiten momentan an zwei verschiedenen Fällen. Die Informationen, die uns das LKA erst vor wenigen Stunden hat zukommen lassen, könnten rein theoretisch zu einem dieser Fälle passen. Es ist jedoch bisher nur eine Vermutung, die sich bisher noch nicht bestätigt hat.

Dazu ist der Zeitabstand auch noch etwas zu kurz."

Peter Neumann hatte sich inzwischen von seinem Platz erhoben und stand an ein Sideboard gelehnt, um von dort aus das Gespräch zwischen seinem Vorgesetzten und Stefanie Goldstein zu verfolgen.

„Weshalb sollte ich dann nach Augsburg kommen?", richtete diese ihre Frage an die beiden Kriminalbeamten. „Man sagte am Telefon zu mir, dass es Neuigkeiten gäbe und sie reden von irgendwelchen Vermutungen zu irgendwelchen Fällen. Was ist mit meinem Mann?"

Robert Markowitsch drehte sich zur Seite. Er sah Peter Neumann ins Gesicht und nickte kurz mit dem Kopf, worauf sich dieser vom Sideboard entfernte und wieder auf seinem Stuhl hinter dem Schreibtisch Platz nahm. Mit einer kurzen Bewegung drehte er sein Notebook so weit herum, dass sowohl sein Vorgesetzter, als auch Stefanie Goldstein auf das Display sehen konnten. Mit einem Klick startete er eine Videosequenz und erklärte dabei: „Diese Bilder haben die Kollegen vom LKA aus den Staaten erhalten. Wie sie sehen können, zeigen die Überwachungskameras den Moment, als sich ihr Mann nach dem Check-in durch die Personenkontrolle begibt. Laut

Passagierliste ist er an Bord der Maschine gewesen und hat diese bis zum Abflug auch nicht mehr verlassen."

Peter Neumann beendete den kurzen Film und startete die nächste Datei, wobei er wieder in das Gesicht von Stefanie Goldstein sah. „Hier sieht man die Passagiere, die gerade mit dieser Maschine am Münchener Airport angekommen waren. Wie sie sehen, ist ihr Mann ebenfalls dabei. Leider ist den Aufnahmen nicht zu entnehmen, ob er sich alleine auf seinen weiteren Weg begeben hat, oder ob er von irgendjemandem abgeholt wurde."

Stefanie Goldstein starrte noch einige Sekunden auf das angehaltene Bild auf dem Notebook, das ihren Mann beim Verlassen des Ankunftsbereiches zeigte. „Das war vor zwei Tagen", sprach sie überrascht. „Maximilian ist nicht zuhause angekommen. Er hat sich auch nicht bei mir gemeldet. Ich verstehe das Ganze nicht."

Peter Neumann und Robert Markowitsch konnten die Unsicherheit und Verzweiflung in den Augen der Frau erkennen. „Kann es sein, dass ihr Mann noch andere Termine hatte?", wollte der Hauptkommissar von ihr wissen. Stefanie Goldstein überlegte einen kurzen Augenblick, zuckte anschließend mit den Schultern und schüttelte ihren Kopf.

„Nein", sprach sie bestimmt. „Mir ist nichts bekannt, dass er noch irgendjemanden aufsuchen wollte. Er hätte mir das sicherlich gesagt."

Die beiden Kriminalbeamten sahen sich wieder an. Stefanie Goldstein bemerkte, dass Peter Neumann fragend seine Augenbrauen hob und Robert Markowitsch mit einem kurzen Nicken antwortete. „Kann es sein, dass ihr Mann ein Verhältnis hat?", stellte Peter Neumann vorsichtig seine nächste Frage. Stefanie Goldstein sah ihn zunächst etwas ungläubig an, bevor sie den Kopf schüttelte. „Nein", meinte sie bestimmt. „Das kann ich mir beim besten Willen nicht vorstellen. Maximilian würde mir das nie antun. Das habe ich auch schon zu meinem Sohn gesagt. Wie kommen sie überhaupt auf diesen Gedanken?"

„Vermutet ihr Sohn, dass sein Vater eine andere Frau hat?", fragte Robert Markowitsch nun. „Wie kommt er zu dieser Annahme? Gab es irgendwelche Anzeichen dafür? So eine Anschuldigung denkt man sich doch nicht so einfach aus."

„Unsinn", winkte Stefanie Goldstein ab. „Mein Mann ist viel unterwegs. Manchmal vielleicht zu viel. Jakob weiß eben noch nicht, dass einem das Geld nicht von selbst in die Tasche hüpft. Er ist verärgert darüber, dass Maximilian mich immer wieder alleine lässt. Aber von nichts kommt eben nichts."

„Die Kollegen in München haben ein Bewegungsprofil vom Handy ihres Mannes erstellen lassen, Frau Goldstein", sprach nun wieder Peter Neumann weiter. „Es ist unbestritten, dass er von München direkt über die Autobahn in Richtung Donauwörth bzw. Augsburg gefahren ist. Allerdings verliert sich das Signal an der Raststätte Augsburg Ost. Entweder er hat es bewusst ausgeschaltet, oder es kam zu irgendeinem Zwischenfall."

Stefanie Goldstein reagierte sichtlich erschrocken. „Was meinen sie denn mit Zwischenfall? Ich kann mir keinen Reim darauf machen." Sie schien einige Sekunden intensiv zu überlegen, bevor sie weitersprach. „Mein Mann hatte sich von unserem Sohn zum Flughafen fahren lassen, da sein Wagen zur Inspektion in der Werkstatt war. Wenn er sich also auf dem Weg nach Hause befand, muss er sich einen Wagen geliehen, oder ein Taxi genommen haben."

„Eine weitere Möglichkeit wäre, dass er von jemand anderem abgeholt wurde", stellte Robert Markowitsch seine Vermutung in den Raum. „Gibt es

Freunde oder Bekannte, die ihnen dazu einfallen, Frau Goldstein?"

„Es könnte sich dabei aber auch um ihren Sohn gehandelt haben", setzte Peter Neumann sofort nach. „Wenn er seinen Vater schon zum Flughafen gefahren hat, liegt es doch nahe, dass er ihn nach seiner Rückkehr auch wieder abholt."

Wieder schüttelte die Angesprochene vehement ihren Kopf, fühlte sich beinahe schon provoziert. „Es hieß doch, dass sie Informationen zum Verbleib meines Mannes für mich hätten. Ich komme mir hier beinahe vor, als würde ich in einem Verhör sitzen. Weshalb versuchen sie ständig, meinen Sohn in die Geschichte mit reinzuziehen?", erwiderte sie.

Robert Markowitsch erkannte an den Aussagen der Frau, dass diese sich wohl in die Enge getrieben fühlte. „Niemand versucht hier, ihren Sohn in irgendetwas mit hineinzuziehen", versuchte er Stefanie Goldstein zu beruhigen. „Unsere Fragen dienen lediglich dazu, die von ihnen gestellte Vermisstenanzeige aufzuklären. Natürlich kann es dabei auch einmal vorkommen, dass die eine oder andere Frage, sagen wir mal, etwas unangenehm auf jemanden wirkt."

Robert Markowitsch legte eine kurze Pause ein,

in der er die sichtlich angespannte Frau aufmerksam beobachtete. „Ihren Angaben nach zu urteilen, scheint das Verhältnis zwischen ihrem Sohn und ihrem Mann ja, sagen wir mal, etwas schwierig gewesen zu sein?", stellte der Kriminalhauptkommissar schließlich noch fest, wobei Stefanie Goldstein diesen Satz des Augsburger Kripochefs mit einem langgezogenen Seufzer beantwortete. Sie schaute sich im Büro der Polizeibeamten um, schien einen Moment lang zu überlegen, bevor sie sich plötzlich von ihrem Platz erhob.

„Entschuldigen sie mich bitte einen kleinen Augenblick", erklärte sie den verdutzt dreinschauenden Männern, indem sie sich zur Bürotür begab und diese öffnete, um einen Blick auf das Hinweisschild neben der Tür zu werfen. Schließlich kam sie zurück und setzte sich wieder auf ihren Stuhl. „Können sie mir bitte einmal erklären, weshalb ich hier bei der Mordkommission bin?", richtete sie ihre Frage an Robert Markowitsch. Dieser überlegte kurz, wie er am besten auf diese Frage reagieren könnte. Ein kurzer Blickwechsel mit Peter Neumann folgte.

„Es ist zum jetzigen Zeitpunkt wohl etwas weit hergeholt, wobei wir sie auch auf keinen Fall verunsichern oder ihnen unnötige Sorgen bereiten wollen,

Frau Goldstein", versuchte der Hauptkommissar schließlich zu erklären. „In der Nähe von Augsburg wurde an der Autobahn eine bisher noch nicht identifizierte männliche Leiche gefunden. Es gibt bisher keinerlei Anhaltspunkte, dass es sich dabei um ihren Mann handelt, aber ausschließen können wir es auch nicht. Wir müssen natürlich jeder erdenklichen Spur nachgehen." Es war für Peter Neumann deutlich erkennbar, dass Stefanie Goldstein bei dieser Erklärung schwer schlucken musste, wobei ihre Gesichtsfarbe deutlich blasser wurde.

Es schien in ihrem Kopf heftig zu arbeiten, als sie schließlich fragte: „Können sie mir ein Foto dieses Mannes zeigen? Ich würde ja wohl sofort erkennen, ob es sich dabei um meinen Mann handelt?", meinte sie mit nun deutlich schwächerer Stimme.

Markowitsch und Neumann tauschten erneut einen kurzen Blick aus. Für die beiden Ermittler stand die Antwort eindeutig fest. Markowitsch erhob sich und nahm die leere Tasse von Stefanie Goldstein vom Tisch. „Darf ich ihnen noch etwas zu trinken anbieten?", fragte er, was von Seiten der Frau jedoch verneint wurde.

„Ich würde gerne ein Foto des Toten sehen. Ich möchte wissen, ob es sich dabei um meinen Mann handelt", verlangte sie nun nachdrücklich mit Blick auf Peter Neumann, wobei dieser jedoch den Kopf schüttelte.

„Das geht leider nicht, Frau Goldstein. Erstens befindet sich der Mann noch in der Gerichtsmedizin und zweitens wäre er in diesem Zustand für sie wohl kein besonders schöner Anblick."

Augenblicklich bemerkte der Kriminalhauptkommissar, wie Stefanie Goldsteins Gesichtsfarbe noch fahler wurde. Er bedachte seinen jungen Kollegen mit einem strafenden Blick und versuchte, die Situation zu retten.

„Wie schon gesagt", meinte er beschwichtigend. „Es gibt bisher keinen Hinweis auf die Identität des Toten. Also kann auch nicht davon ausgegangen werden, dass es sich dabei um ihren Mann handelt. Um dies jedoch mit Sicherheit auszuschließen, müssen wir alle Eventualitäten in Betracht ziehen. Es wäre also hilfreich für uns, wenn sie uns mitteilen, wo sich ihr Sohn in der fraglichen Zeitspanne aufgehalten hat."

Stefanie Goldstein überlegte einen Moment, bevor sie antwortete: „Es tut mir leid, ich kann es ihnen beim besten Willen nicht sagen. Es gibt für mich absolut keine Veranlassung, meinem Sohn hinterher zu spionieren."

Peter Neumann erkannt am Gesichtsausdruck der Frau, dass sie wohl die Wahrheit sagte und tatsächlich nicht wusste, wo sich ihr Sohn zu besagter Zeit aufgehalten hat. Allerdings konfrontierte er sie nun mit einer Tatsache, die sowohl Stefanie Goldstein, als auch Robert Markowitsch überraschten.

„Dieses Smartphone ist ihnen bekannt?", wandte er sich an die Frau, indem er ein Mobiltelefon auf dem Schreibtisch ablegte. Markowitsch erkannte das Gerät, weshalb er zunächst nichts mit der Frage seines Kollegen anfangen konnte. Die Reaktion der von Peter Neumann angesprochenen Frau ließ ihn jedoch gespannt aufhorchen.

„Wie kommen sie zum Handy meines Mannes?", fragte sie mit leiser Stimme, in der jedoch ein gewisser ängstlicher Unterton herauszuhören war. Auch der Hauptkommissar war nun doch etwas überrascht. Hatte Peter Neumann dem Oberstaatsanwalt gegenüber nicht erwähnt, dass das Gerät verschlüsselt war? Ein kurzer Blick mit leicht gerunzelter Stirn in Richtung des Kriminaloberkommissars schien ihm allerdings Antwort genug zu sein. Mit einigen Sätzen erklärte dieser Stefanie Goldstein nur, dass das Handy in der Nähe der Autobahn gefunden wurde.

„Ich habe nicht die geringste Ahnung, wie es dorthin gekommen sein sollte", war Stefanie Goldsteins Reaktion darauf.

„Das wissen wir bisher leider auch noch nicht genau", antwortete Peter Neumann. „Allerdings kann ich ihnen so viel sagen, dass ihr Sohn von ihrem Mann nach dessen Ankunft aus den Staaten angerufen wurde. Eine Funkzellenauswertung der beiden Mobiltelefone hat ergeben, dass Jakob Goldstein mit großer Wahrscheinlichkeit seinen Vater am Flughafen abgeholt hat, auf jeden Fall jedoch zur fraglichen Zeit am Münchner Airport war."

Robert Markowitsch war von der selbstsicheren Aussage seines Kollegen dermaßen überrascht, dass er sich zunächst aus der Konversation herausgehalten hatte. Jetzt allerdings sah er den Zeitpunkt gekommen, sich in das Gespräch einzumischen, bzw. es zu unterbrechen. Mit einer bestimmenden Handbewegung deutete er ihm an, ihm in sein Büro nach nebenan zu folgen.

„Bitte entschuldigen sie uns einen kurzen Moment, Frau Goldstein", sprach er, darum bemüht, seine Stimme ruhig zu halten. Ein stiller Beobachter hätte nun erkannt, dass sich dabei die Ohren des

Kriminaloberkommissars Neumann mit einer leichten Rötung überzogen, ganz so, als hätte man einen kleinen Jungen bei etwas Verbotenem ertappt.

Kaum hatte dieser hinter seinem Vorgesetzten dessen Büro betreten, schloss Robert Markowitsch sogleich die Tür. Gefährlich leise war seine Stimme, mit der er Peter Neumann nun eine kurze Standpauke hielt. Dies geschah nicht oft im Arbeitsalltag der beiden Kriminalbeamten, aber wenn, dann zeigte es Wirkung.

„Was um alles in der Welt haben sie sich dabei gedacht, Neumann? Dass sie den Oberstaatsanwalt anflunkern, was ihre manchmal *unkonventionellen* Ermittlungsmethoden anbelangt, war mir ja klar. Ich kenne sie schließlich lange genug um zu wissen, dass die wohl irgendwie in ihren Genen liegt und sie gar nicht anders können. Aber als ihr Vorgesetzter erwarte ich von ihnen, dass ich wenigsten über die Ergebnisse ihrer ungenehmigten Recherchen in Kenntnis gesetzt werde."

Robert Markowitsch hatte damit zu kämpfen, seine Gefühle im Zaum zu halten. Seine Hände tief in den Hosentaschen vergraben, wandte er sich ab und trat ans Fenster seines Büros. Für einen kurzen Augenblick lief er Gefahr, mit den Fäusten gegen die

Scheibe zu schlagen, um seiner Wut Ausdruck zu geben. Dies hielt jedoch nur für Sekunden an, bevor er sich schließlich wieder zu seinem Kollegen umdrehte.

„Sie bringen uns in Teufels Küche, Neumann, wissen sie das? Es geht mir nicht darum, dass sie mal wieder ohne ausdrückliche Genehmigung Informationen eingeholt haben. Hätten sie mir rechtzeitig davon erzählt, wäre dies für mich ein willkommener Anlass gewesen, Frank Berger etwas zur Eile anzutreiben, was den offiziellen Beschluss angeht."

Der Kriminalhauptkommissar stand inzwischen wieder seinem Kollegen gegenüber, schüttelte nur den Kopf. „Denken sie doch mal etwas nach, bevor sie vor lauter Euphorie über ihre Arbeit mit dem Kopf durch die Wand rennen", knurrte er mit leisem Zorn in seiner Stimme. „Sie werden ab sofort alle Recherchen unterlassen, solange keine offizielle richterliche Genehmigung vorliegt."

Peter Neumann sah Robert Markowitsch etwas betreten an. Dieser jedoch fühlte sich von der Aktion seines manchmal zu forschen Kollegen regelrecht überfahren. „Damit wir uns richtig verstehen, Neumann", fuhr er fort. „Dies hier ist kein Spaß, sondern eine dienstliche Anweisung. Wenn Berger davon Wind bekommt, sind ihre Ergebnisse nicht annähernd so viel wert, wie sie momentan Dreck unter ihren Fingernägeln haben."

Etwas betreten blickte dieser tatsächlich kurz auf seine Hände, drehte die Handflächen nach unten und betrachtete seine tadellos sauberen Nägel. Er hob den Kopf, sah in das regungslose Gesicht seines Chefs und hatte verstanden.

„Wir sollten uns schleunigst etwas ausdenken, um die Situation Frau Goldstein gegenüber zu entschärfen", beendete Robert Markowitsch das Gespräch. „Wenn sie jetzt Panik bekommt, dann könnte es eng werden. Ich wüsste nicht, wie ich ihr Verhalten dem Oberstaatsanwalt erklären sollte."

Markowitsch begab sich nach dieser kurzen Predigt an Peter Neumann wieder in das Büro nebenan, in dem Stefanie Goldstein ihn abwartend ansah. In all seiner Routine nach so vielen Jahren der Ermittlungsarbeit, musste der Kriminalhauptkommissar nicht allzu lange überlegen, um die Situation etwas plausibler zu gestalten.

„Bitte entschuldigen sie die unvorhergesehene Unterbrechung, Frau Goldstein", meinte er. „Scheinbar haben sich in dieser Angelegenheit zwei Ermittlungsergebnisse überschnitten, was für mich so leider nicht vorhersehbar war. Es besteht zum jetzigen Zeitpunkt selbstverständlich keinerlei Verdacht gegen ihren Sohn, an irgendeiner Straftat beteiligt gewesen zu sein. Ich möchte für diesen Moment unser Gespräch auch beenden. Solange wir die zurzeit noch ausstehenden Ergebnisse der Gerichtsmedizin und der KTU nicht kennen, gibt es keinen Hinweis darauf, dass es sich bei unserem Toten um ihren Mann handeln könnte. Allerdings muss ich sie darauf hinweisen, dass sie und ihr Sohn in den nächsten Tagen Deutschland nicht verlassen und sich weiterhin zu unserer Verfügung halten sollten, es gibt sicherlich noch die eine oder andere Frage zu klären." Mit diesen Worten verabschiedete der Augsburger Kriminalhauptkommissar Stefanie Goldstein, die scheinbar nachdenklich das Büro verließ. Anschließend ging er zu seinem Kollegen, der auf Grund seiner empfangenen Standpauke noch etwas angefressen am Fenster stand.

„Zwei, wenn nicht sogar drei ungeklärte Fälle auf dem Schreibtisch. Mir reicht's für heute, Neumann. Ich mache Feierabend. Nachdem sie ohne ihren Computer sowieso nicht leben können, stellen sie bis morgen alles zusammen, was wir aktuell an Fakten oder Indizien haben. Verständigen sie Zacher, ich will ihn mit allem, was er bisher rausgefunden hat, ebenfalls morgen im Büro sehen. Den Oberstaatsanwalt laden sie auch ein. Nachdem ich allerdings morgen zwei private Termine habe, verschieben wir unser Treffen auf den Tag darauf. Sie haben also genügend Zeit, um alles vorzubereiten. Es wäre doch gelacht, wenn wir in alldem, was wir bisher zusammengetragen haben, nicht irgendeine konkrete Spur finden können."

Damit ließ Markowitsch den Oberkommissar zurück und machte sich auf den Heimweg, während sich Peter Neumann im Hinterkopf bereits eine entsprechende Präsentation zusammenbaute. Nachdem er sich schon seit Längerem angewöhnt hatte, seine Notizen, schematisch den Akten zuzuordnen, brauchte er nur kurze Zeit, um sich alles auf den Bildschirm zu holen.

Der nächste Schritt galt dem Oberstaatsanwalt, den er telefonisch mit dem Hinweis auf die Anordnung von Robert Markowitsch für den nächsten Vormittag einlud. Das letzte Telefonat galt dem Leiter der kriminaltechnischen Abteilung Rolf Zacher. Dieses Gespräch dauerte etwas länger, da Peter Neumann ihm zunächst erklärte, wie er den Kollegen die aktuelle Sachlage darstellen wollte.

17. Kapitel

Als Robert Markowitsch am übernächsten Morgen das Augsburger Polizeipräsidium betrat, traf er am Treppenaufgang mit Frank Berger, dem Augsburger Oberstaatsanwalt zusammen. Nach der Begrüßung und etwas Smalltalk betraten die beiden Männer das Büro des Kriminalhauptkommissars, das jedoch zur Überraschung von Robert Markowitsch leer war. Weder Peter Neumann, noch Rolf Zacher, der Leiter der kriminaltechnischen Abteilung, waren anwesend. Markowitsch öffnete die Verbindungstür zum Büro des Kollegen, doch auch hier traf er niemanden an.

Frank Berger sah auf seine Uhr. Den fragenden Blick an den Hauptkommissar beantwortete dieser nur mit dem Hochziehen seiner Augenbrauen und einem kurzen Schulterzucken. „Bevor sie mir jetzt erzählen, wie wenig Zeit sie zur Verfügung haben, Berger, mache ich ihnen einen Vorschlag: Wir beide genießen jetzt erstmal einen schönen Cappuccino und dazu ein frisches Croissant. Sollte sich in dieser Zeit keiner der beiden Kollegen hier einfinden, werde ich sie persönlich aus dem Bett holen."

Frank Bergers Gestik verriet dem Kripochef, dass er sich damit wohl einverstanden erklärte, denn er nahm auf dem Sessel hinter dem Schreibtisch Platz. Robert Markowitsch ging mit den beiden Kaffeetassen an seinen Schreibtisch, stellte eine davon vor Frank Berger ab und nahm diesem gegenüber Platz. Mit einvernehmlichem Blick nahmen die beiden Männer einen ersten Schluck des heißen Getränks, wobei für einen kurzen Augenblick Stillschweigen herrschte. Markowitsch griff nach der Bäckertüte mit den morgendlichen Einkäufen, um daraus zwei Teile des frischen Gebäcks herauszuholen. Als er eines davon dem Oberstaatsanwalt über den Schreibtisch reichte, öffnete sich die Tür zu seinem Büro.

„Schönen guten Morgen, Chef", grüßte Peter Neumann seinen Vorgesetzten, wobei er sich nochmals kurz umdrehte, um dem Mann, der nach ihm das Büro der Augsburger Mordkommission betrat, heranzuwinken. „Kommen sie, Herr Zacher. Herr Markowitsch und der Oberstaatsanwalt haben frische Croissants besorgt, wenn mich mein Geruchssinn nicht täuscht." Mit diesen Worten ging der Oberkommissar auf Frank Berger zu, um auch ihn zu begrüßen, wobei er von ihm prompt eines der

Gebäckstücke erhielt. „Super", lächelte Peter Neumann erfreut. „Danke, dass sie an meinen hungrigen Magen gedacht haben."

„Ach, ist doch nicht der Rede wert", winkte der Oberstaatsanwalt sichtlich gut gelaunt ab. Er deutete mit fröhlichem Gesichtsausdruck kurz auf Robert Markowitsch. „Hat ja er bezahlt. Also greifen sie nur ruhig zu. Kommen sie, Herr Zacher", winkte er den Leiter der Kriminaltechnik zu sich, der die beiden Männer ebenfalls begrüßte.

„Das nenne ich doch mal kollegial, Markowitsch", meinte dieser, bevor er den ersten Bissen zu sich nahm. „Kein Problem", winkte der Kriminalhauptkommissar ab. „Ich mache ihnen beiden sogar noch einen Cappuccino. Geht schließlich alles aufs Spesenkonto, nicht war, Berger?", zwinkerte er dem Oberstaatsanwalt zu, der als Antwort nur kurz abwinkte.

„Sie sind etwas spät dran", meinte der Kripochef, nachdem er seinem Kollegen und Rolf Zacher die Tassen überreicht hatte. Die beiden Angesprochenen blickten sich kurz an und verdrehten gleichzeitig ihre Augen. „Als ich auf dem Weg nach Augsburg war, mein lieber Markowitsch, da haben sie wahrscheinlich noch tief und fest geschlafen", entgegnete

Rolf Zacher. „Schließlich musste ich mit ihrem Kollegen noch die Ergebnisse abgleichen, damit er diese in seine Präsentation einbauen konnte."

Robert Markowitsch zeigte mit dem Finger auf Neumanns Büro. „Hätte ich mir ja denken können, dass sie die halbe Nacht wieder vor ihrer Kiste gesessen sind", meinte er. „Das ist zwar einerseits sehr lobenswert, Neumann, aber übertreiben sie es nicht. Ich brauche sie ausgeschlafen, nicht mit dunklen Ringen unter ihren Augen." Er nahm den letzten Schluck aus seiner Tasse und stellte diese auf dem Schreibtisch ab. „Lassen sie uns langsam anfangen, meine Herren", meinte er, wobei er sich nach nebenan begeben wollte.

Peter Neumann winkte jedoch ab. „Ich habe mit Herrn Zacher alles im unteren Besprechungsraum hergerichtet", sagte er, stellte seine Tasse ebenfalls ab und ging den Männern voraus. Nachdem die vier Beamten kurz darauf an einem der Tische Platz genommen hatten, fragte Robert Markowitsch zunächst, weshalb man sich ausgerechnet hier treffen sollte.

„Ganz einfach", beantwortete Neumann umgehend die Frage seines Vorgesetzten. „Ich habe in diesem Raum die Möglichkeit, ein Active Board zu nutzen. Dieses hat den Vorteil, dass ich die drei Situationen, die uns momentan unter Strom halten, übersichtlicher darstellen kann, als wenn ich alles auf einem PC-Bildschirm oder auf ausgedruckten Blättern vor Augen habe."

Mit dieser kurzen Erklärung stand Peter Neumann auf und nahm eine Fernbedienung zur Hand, um die zwei mal drei Meter große, interaktive Wandtafel zu starten. Augenblicke später füllte sich der weiße Hintergrund mit den Informationen, die er gemeinsam mit Rolf Zacher zusammengetragen und aufbereitet hatte.

„Also", begann Neumann seine Erklärung. „Wie wir ja bereits wissen, haben wir momentan zwei ungeklärte Mordfälle und eine Vermisstenanzeige, bei der es bisher noch unklar schien, inwiefern sie mit unseren Ermittlungen zu tun hat."

Frank Berger unterbrach die Erklärung des Kriminalbeamten. „Darf ich ihrer Aussage entnehmen, Herr Neumann, dass das, sagen wir mal Verschwinden von Herrn Goldstein, mit den beiden Mordfällen in Zusammenhang steht?"

„Ob mit beiden, oder nur mit einem, das wird sich dann noch zeigen", antwortete Peter Neumann dem ungeduldigen Oberstaatsanwalt. „Anhand der

Obduktionsergebnisse von Herrn Zacher und den ermittelten Spuren der Kriminaltechnik, stellt sich für uns momentan folgende Situation dar."

Mehrmals wischte der Kriminaloberkommissar mit seiner Handfläche über das Board, wodurch er die zunächst tabellarisch angeordneten Daten auf drei nebeneinanderliegende Spalten aufteilte. Ein kurzer Blick auf Robert Markowitsch zeigte Peter Neumann, dass er seinen Vorgesetzten mit den technischen Vorbereitungen durchaus beeindrucken konnte. „Wir haben zunächst die getötete Elvira Seelmann. Einen konkreten Hinweis auf ein Tatmotiv gibt es bisher leider noch nicht, abgesehen vom, zugegeben vagen Verdacht des Menschenhandles mit Neugeborenen. Dann gibt es den bislang noch unbekannten Toten von der Autobahn. Allerdings hat sich hier der Verdacht ergeben, dass zwischen ihm und dem mutmaßlichen Mörder von Elvira Seelmann ein engerer, wenn nicht sogar sehr enger Verwandtschaftsgrad bestehen muss."

„Sie dürfen ruhig sagen, dass wir hier von Vater und Sohn sprechen, Herr Neumann." Rolf Zacher, der leitende Arzt der Gerichtsmedizin hatte kurzerhand das Wort ergriffen. „Es gibt keinen Zweifel am Ergebnis von 99,99 Prozent Übereinstimmung. Ich habe den DNA-Test zweimal wiederholt. Wir sprechen hier unbestritten von Vater und Sohn."

„Das ist in der Tat eine äußerst interessante Erkenntnis, meine Herren. Nachdem ich die Arbeit von Herrn Zacher niemals in Zweifel stellen würde, kann ich momentan nur mit einem Zitat von Johann Wolfgang von Goethe antworten: Die Botschaft hör ich wohl, allein mir fehlt der Glaube."

Robert Markowitsch erhob sich von seinem Platz, um die wenigen Schritte bis zu Peter Neumann zu gehen. Er deutete auf das Active Board. „Was gibt's denn da noch zu zweifeln, Berger?", richtete er seine Frage an den Oberstaatsanwalt. „Offensichtlich ist unsere Leiche von der A8 der Vater von Elvira Seelmanns Mörder."

Frank Berger klatschte in die Hände. „Super, Markowitsch. Diese Tatsache löst aber noch immer nicht die Frage nach der Identität des Mannes." Er überlegte für einen kurzen Augenblick. „Vielleicht sollten wir mit einem von unseren Spezialisten angefertigtem Foto an die Öffentlichkeit gehen. Irgendjemand muss diesen Menschen doch kennen oder vermissen."

„Apropos vermissen", meldete sich nun Peter Neumann wieder zu Wort und sah Frank Berger an.

„Haben sie an die richterliche Verfügung wegen der Telefondaten gedacht?"

Der Augsburger Oberstaatsanwalt zog nach einem kurzen Griff in die Innentasche seines Jacketts das entsprechende Schreiben hervor. Der Blick aus seinen Augen war mehr als zweideutig, als er das Papier an den Kriminaloberkommissar übergab. „Hier, Neumann. Auch wenn dies vermutlich eine reine Formsache ist", knurrte er leise. „So wie ich sie kenne, haben sie sich die Informationen ohnehin schon besorgt."

„Naja", versuchte Peter Neumann zu erwidern. „Man kennt eben einen, der einen bei der Telefongesellschaft kennt, der einem selbst noch einen Gefallen schuldet, …"

„Vergessen sie es", winkte Frank Berger ab. „Sollte jemals eine ihrer Aktionen bis nach oben durchsickern, wobei ich *ganz* nach oben meine, müssen sie das im dümmsten Falle selbst ausbaden. Ich hoffe, wir haben uns da verstanden."

„Selbstverständlich, Herr Oberstaatsanwalt", versuchte Peter Neumann sich einsichtig zu zeigen. „Herr Markowitsch hatte mir gegenüber auch schon so etwas in dieser Art erwähnt. Ich muss jedoch dazu sagen, dass dies alles bisher nur Indizien sind. Dieses

Handy kann, weiß Gott wie auch immer, an den Rand der Autobahn gekommen sein."

„Zacher, sagen sie doch auch mal etwas dazu", wandte sich Robert Markowitsch an den Polizeiarzt. „Es sind doch sicherlich irgendwelche Spuren vorhanden gewesen. Sie würden doch selbst dann noch etwas finden, wenn so ein Teil chemisch gereinigt worden wäre. Kann denn nicht ein Fingerabdruck zugeordnet werden?" Der Hauptkommissar schien langsam zu verzweifeln, doch auch Rolf Zacher konnte ihm in dieser Hinsicht keine große Hoffnung machen.

„Da war nichts Verwertbares, Markowitsch. Aber selbst wenn: sie haben die Leiche ja auch gesehen. Wenn sie von diesen Biestern abgenagt werden, ist am Ende nicht mehr viel da, um Fingerabdrücke zu nehmen. Auch über den Status der Zähne sind wir leider nicht weitergekommen. Was wir allerdings herausgefunden haben, ist die Todesursache. Der Mann wurde mit einem Messer schwer verwundet. Allerdings war dieser Stich nicht die eigentliche Todesursache. Wir haben Schmutzpartikel in den Atemwegen und der Speiseröhre gefunden, die zweifellos vom Fundort stammen. Der Mann war also noch am Leben, als man ihn unter die Erde gebracht hat und ist letztendlich erstickt.‟

Man sah in diesem Moment allen Anwesenden die Betroffenheit an, nachdem Rolf Zacher seine Ausführungen beendet hatte. Auch Frank Berger stand da, beide Hände tief in seine Hosentaschen vergraben, wobei er nur verzweifelt den Kopf schüttelte. „Das heißt also, wir haben so gut wie nichts vorzuweisen, was uns Aufschluss über den oder die Täter geben könnte. Das ist nicht gerade das, was ich mir von diesem heutigen Termin erhofft habe. Jetzt kann ich mir wieder irgendetwas aus den Fingern saugen, um die Herrschaften von der Presse an der langen Leine zu halten. Ich sehe das schon wieder soweit kommen, dass die ihre reinen Vermutungen zu Papier bringen und wir die Suppe zum Schluss wieder auslöffeln dürfen.‟ Er sah den drei Männern nacheinander ins Gesicht. „Haben wir jetzt wirklich alles an Fakten auf dem Tisch, oder hat noch jemand etwas, das uns weiterbringen könnte?‟

Rolf Zacher nahm seinen Aktenkoffer zur Hand, legte diesen auf dem Tisch vor sich ab, öffnete ihn und nahm eine Zeitung älteren Datums daraus hervor. „Ich weiß zwar nicht, ob uns das hier viel weiterbringt, aber ich habe im Zusammenhang mit der Fundstelle an der Autobahn in unserem Archiv noch etwas entdeckt. Ich musste die Details von damals erst einmal nachlesen, da ich mit den Untersuchungen selbst ja nichts zu tun hatte. Es gab doch da diesen tragischen Unfall, bei dem die beiden Insassen, es handelte sich dabei um ein Ehepaar, ums Leben gekommen sind. Wenig später wurde von deren Sohn dieser Gedenkstein aufgestellt. Ich habe die Akte einfach mal eingepackt, werde mir das ganze Geschehen aber noch genauer anschauen, wenn es in irgendeiner Weise für diesen Fall relevant sein sollte." Mit diesen Worten legte Rolf Zacher die geöffnete Mappe vor sich auf dem Tisch ab.

„Ich erinnere mich", sagte Frank Berger. „Die Angelegenheit war von meiner Seite her allerdings relativ schnell beendet, da laut Obduktion und dem Untersuchungsbericht der Kriminaltechnik wohl kein Fremdverschulden vorgelegen hatte. Das Fahrzeug war zwar nicht mehr das neueste Modell, technisch aber soweit in Ordnung. Laut der Kollegen führte mit hoher Wahrscheinlichkeit ein Herzinfarkt dazu, dass der Fahrer am Steuer verkrampfte und das Gaspedal unkontrolliert durchgetreten hatte. Vermutlich lag eine Herzschwäche vor, da er einen Herzschrittmacher besaß."

Der Oberstaatsanwalt nahm sich die Akte vom

Tisch, blätterte die Seiten durch und betrachtete sich die Fotos, die dort zu sehen waren. Sekunden später zuckte er kurz zusammen, lächelte anschließend jedoch selbstbewusst und hob seinen linken Arm. Er schnippte dabei mit den Fingern wie einst in der Schule. „Hach, Markowitsch. Ich wusste doch, dass mich mein Gedächtnis nicht im Stich lässt", rief er wie zur Selbstbestätigung aus.

Der Kriminalhauptkommissar hatte in diesem Moment allerdings nicht die geringste Ahnung, wie er diesen Ausbruch an vermeintlicher Freude des Oberstaatsanwalts deuten sollte. „Darf ich fragen was sie an einer alten Zeitung so erheitert, Berger? Vielleicht lassen sie uns ja daran teilhaben. Ich glaube, dass wir alle etwas Aufmunterung gebrauchen könnten."

Frank Berger legte die geöffnete Akte vor Robert Markowitsch ab und deutete dabei mit seinem Zeigefinger auf eine der dort abgebildeten Personen. „Sagte ich ihnen nicht kürzlich, dass ich dieses Gesicht schon irgendwo einmal gesehen habe, Markowitsch?"

„Das kann gut sein", antwortete der Angesprochene. „Nur in welchem Zusammenhang, das könnte ich im Moment nicht sagen."

„Sie werden doch nicht etwa alt?", scherzte Frank Berger. „Denken sie an das Zeitungsfoto im Zusammenhang mit der alten Dame, die ermordet in Donauwörth aufgefunden wurde. Da gab es doch dieses Foto, auf dem irgendwelche Möchtegern-Promis bei einer Geburtstagsfeier zu sehen waren. Genau da war dieser Mann dabei."

Peter Neumann, der in den letzten Minuten stillschweigend den Dialog seiner Kollegen verfolgt hatte, trat an die elektronische Datenwand und tippte einige Male darauf. Der installierte Internetbrowser öffnete sich und der Kriminaloberkommissar suchte den entsprechenden Artikel aus dem Netz. Kurz darauf prangte das Bild der angesprochenen Geburtstagsfeier übergroß auf der weißen Fläche.

Wiederum zeigte der Oberstaatsanwalt auf das Foto des jungen Mannes in der Akte. „Sehen sie, Markowitsch?", fragte er den Hauptkommissar selbstbewusst. „Es ist zwar nicht unmöglich, wäre aber schon seltsam, wenn es sich in diesem Fall um einen harmlosen Doppelgänger handeln sollte." Frank Berger sah einmal in die Runde und schlug sich dabei mit der rechten Faust in die linke Handfläche. „Wenn das auf den beiden Fotos nicht ein und dieselbe Person sind, lade ich sie alle drei zum Mittagessen ein."

Mit selbstbewusster Körperhaltung machte sich Frank Berger daran, das Büro der Kriminalbeamten zu verlassen, drehte sich jedoch an der Tür noch einmal um. „Finden sie mir heraus, was mit dem Burschen los ist, Markowitsch. Irgendetwas ist faul an dieser Geschichte. Ich hoffe nur, dass wir damals nicht irgendetwas übersehen haben."

18. Kapitel

Wieder zu Hause angekommen, erkannte Stefanie Goldstein erleichtert, dass der gelbe Sportwagen ihres Sohnes vor der Garage stand. Sie musste unbedingt mit ihm sprechen, um die, ihrer Meinung nach, völlig absurden Verdächtigungen der Augsburger Beamten auszuräumen. Auch wenn sie und Jakob in Bezug auf ihren Mann in der letzten Zeit vermehrt unterschiedlicher Meinung waren, wollte sie ihn in keinerlei Hinsicht dieser Situation ausgesetzt wissen. Trotz allem war er ihr eigen Fleisch und Blut, der mütterliche Beschützerinstinkt verdrängte alles, was ihm zu nahekommen und Schaden verursachen könnte. Nachdem sie die Eingangstreppe hinter sich gelassen und die Haustür aufgeschlossen hatte, ging sie, ohne sich die Schuhe ausgezogen zu haben, direkt ins Wohnzimmer, wo sie ihren Sohn erwartete. „Jakob", rief sie, als sie durch die Tür kam, wobei sie seinen Namen eher als Frage ausgesprochen hatte. Innerhalb weniger Sekunden ließ sie die letzten Jahre in Gedanken vorüberziehen, konnte jedoch keinen Anhaltspunkt

finden, wann sie ihren Sohn jemals so vor sich ange-
troffen hätte.

Mit einem Glas in der Hand lümmelte sich der
junge Mann regelrecht auf der weißen Ledercouch,
beide Füße auf dem niedrigen Glastisch, auf welchem sich eine Whiskeyflasche aus der Vitrine ihres
Mannes befand. War das wirklich ihr Sohn Jakob?
Für Stefanie Goldstein wirkte er in diesem Augenblick eher wie einer dieser aufgeblasenen Machos aus
den Daily Soaps, die man sich bis zum Abwinken im
Fernsehen oder im Internet ansehen konnte. Sie
suchte seinen Blick, als wollte sie dadurch feststellen,
ob er vielleicht betrunken war. Jedoch schienen ihr
seine Augen weder verschwommen, noch glasig zu
sein. Nein, eher das Gegenteil schien der Fall. Kalt
und emotionslos kam ihr der Ausdruck vor. *Fehlt nur
noch das überhebliche Grinsen, dann wäre diese groteske
Szene perfekt,* dachte sich Stefanie in diesem Moment.
Doch nicht die kleinste Bewegung war im Gesicht
ihres Sohnes zu erkennen.

Stefanie Goldstein war schon im Begriff, sich
kurz ins Badezimmer zurückzuziehen, um für einen
Moment ihre Gedanken zu sortieren, als sie aus den
Augenwinkeln eine kurze Bewegung Jakobs wahr-
nahm. Er rückte mit seinem Oberkörper nach vorn,

um etwas, das sich hinter seinem Rücken befand, hervorzuholen. Stefanie erkannte unmittelbar darauf, dass es sich um einen Aktenordner handelte, den sie schon seit vielen Jahren aus ihrem Gedächtnis gestrichen hatte. Einzig an seinem Äußeren erkannte sie ihn sofort und wusste gleichzeitig, dass er sich seit damals in Maximilians Tresor befand. Er hatte ihr, auf Grund ihres labilen Gesundheitszustands, lange Zeit keine Auskunft darüber gegeben. Maximilian beteuerte ihr gegenüber immer nur, dass er einige Dinge in Bezug auf die Hausgeburt regeln musste, damit es keine behördlichen Schwierigkeiten für sie beide und Elvira Seelmann gab. Nur durch einen Zufall, als ihr Mann einmal vergessen hatte, seinen Geldschrank abzuschließen, erfuhr sie vom Inhalt.

Sie erinnerte sich in diesem Moment noch ganz genau daran. Während Maximilian einige Geschäftsunterlagen hervorgesucht hatte, klingelte sein Handy. Nach einem kurzen Wortwechsel mit dem Anrufer schien er es schließlich sehr eilig gehabt zu haben. Er verabschiedete sich nur mit einem schnellen Kuss auf die Wange und eilte zur Tür hinaus, wobei er den offenstehenden Tresor scheinbar völlig vergessen hatte.

Aber wie kam Jakob nun an diese Unterlagen? Als sie ihrem Sohn ins Gesicht sah, erkannte sie seine zu einem spöttischen Grinsen verzogenen Lippen. Er nahm das Glas vom Tisch, kippte sich den Inhalt in seinen Rachen und erhob sich im gleichen Atemzug von seinem Platz. Wie in Zeitlupe verfolgte Stefanie Goldstein die Bewegungen ihres Sohnes, der mit einer wegwerfenden Bewegung seiner linken Hand den Ordner auf den Glastisch warf. Jakobs Mutter erschrak über das plötzlich klatschende Geräusch, welches dadurch erzeugt wurde. Noch mehr erschrak sie jedoch, als der rechte Arm ihres Sohnes an den hinteren Hosenbund griff und gleich darauf mit einem Messer in der Hand wieder zum Vorschein kam. Instinktiv wollte sie zurückweichen, stand jedoch schon nach nur einem kleinen Schritt mit dem sprichwörtlichen Rücken zur Wand. „Sag mir, dass das nur ein schlechter Scherz ist", kam dann auch ihre etwas erschrockene Reaktion. „Das ist doch nicht mein Sohn Jakob, der hier vor mir steht", sprach sie mit zitternder Stimme. Sie war sich gleichzeitig jedoch der Wirkungslosigkeit ihrer Worte bewusst, als sie die Entschlossenheit in seiner Körperhaltung bemerkte.

„Du ahnst ja gar nicht, *wie* recht du hast, *Mutter*",

antwortete Jakob mit nicht zu überhörendem Spott in seiner Stimme, wobei er mit seiner linken Hand auf den am Tisch liegenden Ordner deutete. „Mein Gefühl sagt mir, dass du mir so Einiges zu erklären hast, nachdem ich das hier gelesen habe. Wobei diese Unterlagen nur das bestätigen, was ich bereits aus den Schriftstücken meiner Eltern kannte."

Stefanie Goldstein schluckte. *Meiner Eltern* sagte er. Sie musste mit sich kämpfen, um die hervordrängende Tränenflut zu unterdrücken. Sie hatte keine Ahnung, wie sie sich in dieser Situation rechtfertigen sollte. „Das kann ich dir nicht so einfach mit ein paar wenigen Sätzen erklären", antwortete sie mit leiser Stimme. „Du hast ja keine Ahnung, was mich, was uns zu dieser Entscheidung bewogen hat."

„Setz dich", hörte sie nach wenigen Sekunden der Stille. „Noch hast du alle Zeit der Welt, es mir zu erklären."

19. Kapitel

Nachdem Frank Berger das Büro verlassen hatte, sahen sich Robert Markowitsch, Peter Neumann und Rolf Zacher noch für einige Momente das Foto aus der Zeitung an der Wandtafel an. „Da muss ich unserem Herrn Oberstaatsanwalt wohl recht geben", meinte er zustimmend. „Bei genauer Betrachtung handelt es sich bei beiden Aufnahmen wohl um diesen Jakob Goldstein."

„Möglicherweise ist es aber auch nur ein ganz dummer Zufall", entgegnete Rolf Zacher. „Natürlich könnte man meinen, dass es dieselbe Person ist, von der Frisur mal abgesehen. Aber ich habe in diesem Artikel nirgendwo den Namen Goldstein, geschweige denn Jakob Goldstein gefunden."

„Da muss ich ihnen irgendwie zustimmen, Herr Zacher", sagte Peter Neumann nach einem Moment des Überlegens. „Rein theoretisch hat ja jeder Mensch Doppelgänger, die ihm in seinem Aussehen mehr oder weniger ähnlich sind. Wir haben in unserem Job ja schon die verrücktesten Situationen erlebt."

„Da mögen sie wohl beide mit ihrer Meinung richtigliegen, meine Herren", mischte sich Robert Markowitsch ein, „aber Zufälle und Eventualitäten sollten nicht das Hauptaugenmerk in unseren Ermittlungen sein. Genau aus diesem Grund werden wir nun mal wieder kriminalistische Kleinarbeit leisten."

Er wandte sich an Peter Neumann. „Sie haben ja nun die offizielle Genehmigung, Verbindungsdaten und sonstige Informationen anzufordern und auszuwerten, falls dies nicht schon längst geschehen ist."

Der angesprochene Peter Neumann hob wie abwehrend beide Hände. „Ich habe in dieser Sache keinerlei weitere Recherchen durchgeführt, Chef."

„Dann erledigen sie das eben jetzt, Neumann. Und zwar schleunigst. Von mir aus legen sie auch mal wieder eine Nachtschicht ein. Hauptsache wir kriegen Ergebnisse. Mein Bauchgefühl sagt mir, dass zwischen dieser Frau Goldstein und ihrem Sohn ein explosives Klima herrscht. Wollen wir hoffen, dass es demnächst nicht knallt, ohne dass wir es verhindern können.

Sie, mein lieber Zacher, nehmen bitte wie selbst schon vorgeschlagen, noch einmal die Geschichte mit diesem Unfall etwas genauer unter die Lupe.

Sollte damals auch nur die kleinste Kleinigkeit übersehen worden sein, möchte ich das wissen. Ich selbst werde mir die Informationen der vorhandenen Unterlagen nochmal durchsehen. Irgendwie werde ich nicht ganz schlau aus dieser Sache und habe das Gefühl, dass alles irgendwo zusammenzuhängen scheint."

Der Kriminalhauptkommissar schaute auf die Uhr. „An die Arbeit, wir haben keine Zeit zu verlieren."

*

Als sich am nächsten Vormittag ein etwas übernächtigter Kriminaloberkommissar im Büro von Robert Markowitsch einfand, saß dieser bereits wieder grübelnd über seinen Akten, und deutete seinem Kollegen nur mit einer kurzen Handbewegung an, sich zu setzen. Nachdem Peter Neumann am Schreibtisch Platz genommen und einmal herzhaft gegähnt hatte, legte er sein Tablet vor sich ab.

„Meine Vermutung, dass Jakob Goldstein seinen Vater vom Münchener Flughafen abgeholt hat, scheint sich zu bestätigen, Chef", meinte er. „Jedenfalls ergab die angeforderte Funkzellenauswertung beider Handys, dass sich diese zur gleichen Zeit parallel vom Münchener Airport bis zur Autobahnraststätte Augsburg Ost bewegt hatten. Dort allerdings verliert sich das Signal von beiden. Wahrscheinlich wurden die Geräte abgeschaltet."

„Also wäre nach unserem jetzigen Kenntnisstand Jakob Goldstein derjenige, der seinen Vater als Letzter lebend gesehen hat", schlussfolgerte Robert Markowitsch.

„Irgendwie bin ich mir über seine Rolle in diesem ganzen Wirrwarr von Vermutungen und Indizien noch nicht im Klaren. Ich denke, es ist langsam an der Zeit, dass wir uns den jungen Mann einmal etwas genauer ansehen, beziehungsweise anhören." Markowitsch sah zu Peter Neumann. „Ich würde allerdings gerne auf Zacher warten, ob er noch irgendetwas für uns hat. Ich habe ihn vorhin angerufen, aber nicht persönlich erreicht. Man sagte mir nur, dass er auf keinen Fall gestört werden will. Außerdem soll ich sie fragen, ob sie das Handy schon geknackt haben. Falls nicht, sollen sie mit dem Teil in die Kriminaltechnik kommen. Eventuell können sie das Problem ja gemeinsam lösen."

Peter Neumann gab zu, dass er in dieser Angelegenheit leider noch nicht viel weitergekommen war.

Man konnte zwar über den Provider die dort verfügbaren Daten erhalten, an den Gerätespeicher selbst war er auf Grund der Verschlüsselung jedoch noch nicht herangekommen. „Dann mache ich mich mal auf den Weg nach München", meinte er zu Robert Markowitsch. „Ich melde mich, sobald ich weitere Ergebnisse habe. Das kann aber dauern."

Etwas nachdenklich stand der Kripochef kurz darauf am Fenster seines Büros und sah, wie sein Kollege mit dem Auto das Gelände der Augsburger Polizeiinspektion verließ. Robert Markowitsch war sich sicher, dass er an diesem Tag wohl keine weiteren Erkenntnisse mehr erhalten würde. So sehr ihm die Zeit unter den Nägeln brannte, er wollte nicht allzu viel Druck ausüben. Es brachte nichts, wenn man in der Eile irgendetwas Entscheidendes übersehen würde.

20. Kapitel

Stundenlang hatte Stefanie Goldstein versucht, die Beweggründe ihres Handelns zu erklären. Immer wieder erzählte sie von ihren gesundheitlichen Problemen und dem gemeinsam mit ihrem Mann gefassten Entschluss, dass sie keine Kraft dafür aufbringen könnte, ein zweites Kind großzuziehen.

Immer wieder beobachtete sie dabei die Reaktionen ihres Sohnes, der ihr wie ein Luchs lauernd gegenübersaß, sie keine Sekunde aus den Augen ließ. Irgendwann war sie vor Erschöpfung eingeschlafen, träumte wirres Zeug. Erwachte immer wieder für einen kurzen Moment und sah, wie sich ihr Sohn mit irgendwelchen Tabletten wachzuhalten schien.

Wohlriechender Kaffeeduft zog durch das Wohnzimmer, als sie schließlich wie aus einem dämmerzustandsähnlichem Schlaf erwachte. Ein kurzer Blick auf die Wanduhr zeigte ihr, dass es schon auf Mittag zuging. Sie hatte nicht einmal mitbekommen, wie das Geschirr aufgetragen wurde. Etwas mühselig raffte sie sich auf, setzte sich dabei gerade hin und beobachtete ihren Sohn dabei, wie er vorsichtig das braune Getränk aus der Glaskanne in die Tassen füllte. Sie hatte diese Kaffeemaschine lange nicht mehr benutzt. Mit dem modernen Automaten war es bequemer, schnell mal einen Kaffee, einen Cappuccino, Latte Macchiato oder Espresso zuzubereiten. Was ihr dabei auffiel, war Jakobs Gesichtsausdruck. Er schien melancholisch, beinahe zerbrechlich zu sein. Ganz im Gegenteil zu gestern oder den letzten Tagen.

„Du bist nicht Jakob, habe ich recht?", stellt sie den ersten Satz an diesem Morgen in den Raum. Es fiel Ihr dabei auf, dass der junge Mann ihr gegenüber kaum eine Reaktion zeigte, beinahe so, als hätte er diesen Satz erwartet. Seltsam. Obwohl er ganz genauso wie ihr Jakob aussah, nannte sie ihn in Gedanken *den jungen Mann*.

Der Angesprochene stellte die Kaffeekanne auf einem Untersetzer am Tisch ab und setzte sich wieder in den Sessel, den er schon am Abend zuvor als Sitzplatz eingenommen hatte. „Seit wann weißt du es?", fragte er zurück, nachdem er einen ersten Schluck aus seiner Tasse genommen hatte.

Stefanie Goldstein seufzte, als sie antwortete. „Eine leise Ahnung hatte ich in den letzten Tagen schon. Dein verändertes Verhalten, auch deinem Vater gegenüber, hat mich mehr und mehr zum Nachdenken gebracht. Sicher war ich mir jedoch erst soeben, als du den Kaffee gebracht hast. Jakob trinkt lieber einen schnellen Espresso aus dem Automaten. Er hat ihn mir zum Geburtstag geschenkt, natürlich nicht ganz uneigennützig. Vor allem wenn Maximilian geschäftlich unterwegs ist, übernachtet er ja öfter für einige Tage hier."

Sie sah dem Jakob zum Verwechseln ähnlich sehenden, jungen Mann einige Augenblicke tief ins Gesicht. „Wo ist Jakob?", fragte sie ihn und wollte sich dabei gar nicht ausmalen, welche Antwort sie im schlimmsten Falle bekommen könnte.

Da war es wieder, dieses selbstsichere, kaltherzige Lächeln, das seine Lippen umspielte. Er starrte für ein paar Sekunden in seine Kaffeetasse, bevor er ihre Frage beantwortete. „Weshalb bist du dir so sicher, dass ich nicht Jakob bin?", wollte er von ihr wissen.

„Weil irgendwann der Zeitpunkt kommt, an dem eine Mutter das einfach spürt", antwortete sie umgehend. „Du siehst aus wie er, du trägst seine Sachen, fährst sein Auto, ja sogar die Stimme scheint die von Jakob zu sein." Die Geste, die ihr vermeintlicher Sohn mit seinem Blick und seinen ausgebreiteten

Armen nun darbot, sollte ihr wohl andeuten: Was willst du also? Wer sonst, außer Jakob, sollte ich denn sein?

„Aber du bist es nicht", hörte er seine Mutter sagen, die mit diesen Worten in sich zusammenzufallen schien, wie ein im Zeitraffer welkender Blumenstrauß, und dabei langsam von der Couch zu Boden glitt. Doch es war keine normale Ohnmacht, die sie in eine gnädige Dunkelheit begleitete, sondern ein tranceähnlicher Zustand, gleich einem Wachtraum. Sie sah sich während Jakobs Geburt auf dem Bett liegen, beinahe apathisch, als würde sie alles irgendwie teilnahmslos über sich ergehen lassen. Sie erkannte ihren Mann, wie er mit Elvira Seelmann sprach. Letztendlich nahm sie auch den Augenblick war, als sie ihren Sohn das erste Mal auf ihrer Brust spürte ... und glaubte wie durch einen Nebelschleier weiteres Kinderschreien aus dem Nebenzimmer zu hören. Nur für einen kurzen Augenblick, aber scheinbar lange genug, um es über all die Jahre im Unterbewusstsein nicht vergessen zu haben.

Stefanie hatte keine Ahnung, wie lange sie sich in diesem Zustand befunden hatte. Als sie wieder einigermaßen klar denken konnte, ging draußen bereits die Sonne unter. Sie horchte in sich hinein und fühlte dabei, dass ihr jemand zurück auf die Couch geholfen haben musste. Stefanie Goldstein fürchtete sich davor, ihre Augen wieder zu öffnen und dadurch festzustellen, dass sie nicht träumte.

Als sich blinzelnd ihre Augenlider hoben, sie sich wieder in eine sitzende Position mühte, sah sie auf den Rücken des Mannes, der soeben die Terrassentür anlehnte und Sekunden später vor ihr stand.

„Du bist Jakobs Zwillingsbruder", hörte sie jemanden sagen, ohne zu merken, dass sie es selbst war, die diese Worte gesprochen hatte. Als der Angesprochene sich umdrehte, vernahm Stefanie Goldstein das typische Geräusch einer aufspringenden Messerklinge. Drei-, viermal registrierte sie das Klacken, sah ihn immer wieder die Klinge in das Heft zurückdrücken. Binnen weniger Sekunden war sie hellwach, erhob sich von ihrem Platz und ging mit langsamen, aber sicheren Schritten um den Tisch herum auf ihn zu. Schließlich stand sie vor ihm, blickte in zwei kalte Augen, wobei sie sich nun absolut sicher war, dass dies nicht Jakobs Augen waren. Am Tonfall ihrer folgenden Worte konnte man nicht erkennen, ob es sich um eine Feststellung oder eine Frage handelte. „Dein Bruder lebt nicht mehr?!"

21. Kapitel

Ein Umstand, der in seinem Beruf immer wieder einmal zum Tragen kam, war das unliebsame Klingeln des Telefons mitten in der Nacht. So wurde Robert Markowitsch auch diesmal unsanft aus seinem Schlaf geholt. Nachdem er sich gemeldet und die Stimme von Peter Neumann vernommen hatte, setzte er sich in seinem Bett auf und hörte gespannt den kurzen, aber präzisen Ausführungen seines Kollegen zu.

Eine Dreiviertelstunde später stand der Augsburger Kriminalhauptkommissar mit seinem Wagen im Donauwörther Stadtteil Zirgesheim, in unmittelbarer Nähe der kleinen Villa der Familie Goldstein. Markowitsch hatte schon aus einiger Entfernung den Dienstwagen der Donauwörther Kollegen erkannt, die Peter Neumann ebenfalls verständigt hatte. Der Hauptkommissar blickte noch kurz auf die digitale Zeitanzeige am Armaturenbrett, bevor er seufzend den Schlüssel abzog. Er verließ das Fahrzeug, drückte die Tür ins Schloss und steckte den Schlüssel ein. Das Aufleuchten der Blinker zeigte an, dass die Türen automatisch verriegelt wurden. Einer der Donauwörther Kollegen kam dem Leiter der Augsburger Mordkommission entgegen.

„Hauptkommissar Markowitsch?", fragte er, wobei er seinem Gegenüber die Hand reichte. „Achim Schachter, Leiter der Polizeiinspektion Donauwörth," stellte sich der Mann sogleich vor, wobei er mit dem Daumen über seine Schulter deutete. „Zwei Kollegen warten im Wagen." Markowitsch erwiderte den Gruß, drehte den Kopf und sah, dass in der Villa noch Licht brannte. Kurzzeitig erkannte er einen Schatten, der sich am Fenster vorbei bewegte. Anhand der Silhouette war er sich ziemlich sicher, dass es sich dabei nicht um eine Frau handelte. Dies passte auch zu dem Umstand, dass der gelbe Sportwagen von Jakob Goldstein in der Einfahrt stand.

„Können sie mir einige Details über den Einsatz nennen?", fragte Achim Schachter den Kriminalhauptkommissar. „Ich habe von ihrem Kollegen nur erfahren, dass wir hier auf ihn warten sollen."

Robert Markowitsch überlegte kurz, bevor er antwortete: „Ich weiß nicht, ob die Zeit ausreicht, sie über alles in Kenntnis zu setzen, bevor mein Kollege hier eintrifft." Er zog sein Handy aus der Tasche, wählte Peter Neumanns Nummer. „Wie weit sind sie, Neumann? Wir stehen uns hier die Beine in den Bauch."

„Kurz vor Augsburg", vernahm er die Antwort seines Mitarbeiters. „Ein knappes halbes Stündchen müssen sie noch aushalten, Chef, ich will ja keinen Unfall bauen."

Markowitsch beendete das Gespräch, öffnete per Fernbedienung seinen Wagen und winkte den Donauwörter Kollegen mit sich. Nachdem die beiden Beamten im Auto Platz genommen hatten, begann der Kriminalhauptkommissar zu erklären. „So wie es aussieht, gibt es gewisse Zusammenhänge zwischen der ermordeten Elvira Seelmann und unserem Toten von der Autobahn."

Achim Schachter schaute zunächst etwas ungläubig, fragte jedoch sogleich: „Wenn die beiden Fälle zusammenhängen, okay. Aber wieso warten wir hier vor der Villa von Maximilian Goldstein? Hat er etwas mit der Geschichte zu tun? Oder halten sie ihn etwa sogar für den Täter?"

Robert Markowitsch schüttelte den Kopf. „Nein, das nicht. Aber laut Neumanns Information scheinen alle Indizien auf den Sohn, Jakob Goldstein, hinzuweisen. Genaueres werden wir erst erfahren, wenn Neumann mit den Kollegen der KTU aus

München hier eintrifft."

Der Leiter der Donauwörther Polizeiinspektion deutete in diesem Moment in Richtung der Bundesstraße. Diese war vom Standort der Beamten aus zwar nicht direkt zu sehen, allerdings konnte man in der Dunkelheit deutlich das Blaulicht erkennen, das sich der Stadt näherte. „Wenn sie mit ihren Vermutungen Recht haben sollten, dann befindet sich also ein mutmaßlicher Mörder dort oben in der Villa," unterbrach Achim Schachter die kurze Redepause. „Wäre es da nicht sinnvoller, ein SEK anzufordern?"

„Solange noch nicht feststeht, dass wir mit unserem Verdacht richtigliegen, will ich nicht mit Kanonen auf Spatzen schießen", wehrte Markowitsch ab. „Ich bin mir aber fast sicher, dass wir das in Kürze feststellen werden." Er hatte zwischenzeitlich wieder sein Telefon in der Hand, wobei er wiederum Peter Neumanns Nummer wählte. Nach nur zweimaligem Klingelton wurde das Gespräch angenommen.

„Keine Sorge, Chef, wir sind so gut wie da", vernahm er die Stimme des Kriminaloberkommissars.

„Ich habe nur eine einzige Sorge, Neumann. Machen sie ihre Weihnachtsbeleuchtung aus. Sollten sie nämlich Recht behalten, könnte man uns vorzeitig bemerken."

22. Kapitel

Stefanie Goldstein saß sichtlich erschöpft auf der Couch und blickte scheinbar teilnahmslos auf das Messer, das ihr Sohn zwischenzeitlich auf dem Tisch abgelegt hatte. Es fiel ihr schwer, ihre Gedanken zu sortieren, geschweige denn, eine Erklärung zu finden, wie es zu dieser perfiden Situation kommen konnte.

„Du hattest wirklich die ganzen Monate keine Ahnung, hast nicht das Geringste bemerkt?", vernahm sie Jakobs beinahe schon erstaunte Stimme, wobei ihr zugleich ein Stich das Innerste zu zerreißen drohte. Jakobs Stimme? Sie hob beinahe ängstlich ihren Blick. Ein kalter Schauer kroch ihren Rücken hinab, schien ihr die Eiseskälte aus den Augen des vor ihr stehenden Mannes widerzuspiegeln. Ungläubig schüttelte sie den Kopf. „Warum das alles?", war in diesem Moment der einzige Satz, der beinahe tonlos über ihre Lippen kam.

„Ich werde dir erzählen, wie ich zu meinem Entschluss kam, *Mom*." Der verächtliche Klang des letzten Wortes blieb Stefanie Goldstein nicht verborgen.

Ein erneutes Frösteln überzog ihren Körper und sie spürte, dass sich die feinen Härchen an ihren Armen aufstellten, als sie versuchte, die folgenden Erklärungen zu verstehen.

„Wie du zuletzt schon festgestellt hast, bin ich nicht Jakob Goldstein, sondern Peter Maurer. Auf diesen Namen hatten mich meine Adoptiveltern jedenfalls taufen lassen. Sie haben mich geliebt und mich das auch spüren lassen. Ich hatte keine schlechte Kindheit, mal abgesehen davon, dass wir finanziell immer gerade so über die Runden kamen. Sie haben mir alles Grundlegende ermöglicht, selbst aber bei sich immer Abstriche gemacht. Große Urlaubsreisen, ein schickes Auto und so manche anderen Extras waren bei uns einfach nicht drin. Irgendwann wurde das zur Normalität."

Stefanie Goldstein blieb die Enttäuschung in Peters Stimme nicht verborgen. Sie richtete sich etwas auf, wollte schon dazu ansetzen, sich zu erklären, jedoch schien er das zu bemerken. Mit einer resoluten Handbewegung gebot er ihr, zu schweigen. „Nachdem ich wohl kein schlechter Schüler war, sich mein weiterer Schulweg abzeichnete, klärten mich meine Adoptiveltern eines Tages darüber auf, dass ich nicht ihr leiblicher Sohn sei. Im ersten Moment konnte ich nicht allzu viel damit anfangen, da ich nie das Gefühl erhalten hatte, ein Fremdkörper in ihrer Beziehung zu sein. Erst nach einiger Zeit, als sich das Thema bei mir mehr und mehr eingebrannt hatte, stellte ich mir immer mehr Fragen dazu. Diese reduzierten sich jedoch eines Tages auf ein einziges Wort:

W A R U M?

Ich habe mir irgendwann geschworen, eines Tages die Antwort darauf herauszufinden, wobei mir während meiner Recherchen zu meinem Studienthema der Zufall zu Hilfe kam."

Peter schilderte seiner leiblichen Mutter nun, wie er im Internet auf die Berichte der Familie Goldstein gestoßen war und dabei auch deren eigene Website besuchte. Stefanie Goldstein blieben Peters Emotionen nicht verborgen, als er von seinen Gefühlen berichtete, nachdem er das Familienfoto betrachtet hatte.

„Dass sich diese Gefühle nicht so einfach wegwischen ließen, erkannte ich in dem Augenblick, als ich ein Foto entdeckte, auf welchem Jakob Goldstein alleine abgebildet war. Im ersten Moment fühlte ich mich wie von einem elektrischen Schlag getroffen. Ich zoomte die Seite, um sie genauer in Augenschein zu nehmen. Erneut schaute ich auf das Bild des

Mannes und dann noch ein weiteres Mal. Ich war verblüfft über die Ähnlichkeit, war mir aber letztendlich doch unsicher, ob ich in diesem Moment auf mein eigenes Spiegelbild sah?

Ich war etwas verwirrt, kannte allerdings auch die Theorie, dass jeder Mensch auf der Welt angeblich bis zu sieben Doppelgänger besitzen sollte. Wie groß die Ähnlichkeit zwischen den einzelnen Personen jedoch war, blieb dahingestellt. Allein auf die Ergebnisse der Internetsuchmaschinen wollte ich mich allerdings nicht verlassen. Zu hoch war die Wahrscheinlichkeit, dass es sich um Fakes handelte, um damit die Aufmerksamkeit auf die Webseite zu lenken und durch dort geschaltete Werbung gutes Geld zu verdienen."

Stefanie Goldstein war sich auf Grund von Peters Stimmlage bewusst, dass er innerlich sehr aufgewühlt sein musste. Sie vermied es jedoch weiterhin, ihn zu unterbrechen, auch wenn sie nur allzu gerne so manche Anmerkung dazu gemacht hätte. Peter Maurer erzählte anschließend vom Unfall seiner Eltern, dass beide dabei ums Leben gekommen waren.

„Ich habe Papiere über meine Adoption in ihren Unterlagen gefunden. Wenn man sich diese Schriftstücke genauer betrachtete, war es nicht allzu schwer herauszufinden, dass es sich um gefälschte Dokumente handelte. Im Internet konnte ich durch entsprechende Suchkriterien verschiedene Hinweise, finden, woran solche Fälschungen zu erkennen sind. Für mich hieß das letztendlich: Ich wurde verkauft!"

Hatte Peter Maurers Stimme mit dem letzten Satz einen gefährlichen Unterton erhalten, wurde sie nun lauter und ungehalten.

„Ihr habt mich wie einen ungewollten Gegenstand einfach veräußert. Mir wurde die Chance auf ein schönes, sorgenfreies Leben einfach abgesprochen. Dies wurde mir in dem Moment klar, als ich die Familiengeschichte der Goldsteins gelesen hatte. Ein Zufall kam mir dann bei meinen Recherchen auch zur Hilfe. Das Krankenhaus in Donauwörth, in welchem ich angeblich geboren wurde, gab es an besagter Adresse nicht mehr. Stattdessen steht dort nun ein Pflegeheim. Allerdings erfuhr ich durch einige Nachfragen vor Ort, dass eine der Bewohnerinnen den Namen der Hebamme trug, den ich aus den Unterlagen herauslesen konnte."

Stefanie Goldstein erkannte das triumphale Lächeln, das in diesem Moment in Peters Mundwinkel umspielte.

„Trotz ihres fortgeschrittenen Alters wusste die

Frau sofort, wer da vor ihr stand, nachdem ich sie mit verschiedenen Einzelheiten konfrontiert hatte. Leider war ihre Reaktion darauf so heftig, dass man mir jeden weiteren Besuch bei ihr untersagte."

Peter Maurer lief zwischenzeitlich in langsamen Schritten im Wohnzimmer auf und ab. Obwohl es weit nach Mitternacht war, zeigte er keinerlei Ermüdungserscheinungen, schien sich eher durch seine Schilderungen mehr und mehr aufzuputschen. Er blieb kurz vor dem Tisch stehen, nahm das zuvor abgelegte Messer zur Hand und drehte dies in seiner Hand hin und her.

„Für mich zählte ab einem gewissen Zeitpunkt nur noch eines, nämlich das Leben nachzuholen, das mir bis dahin verwehrt wurde. Dabei hatte ich mir auch vorgenommen, diejenigen zu bestrafen, die wissentlich daran schuld waren."

Stefanie Goldstein hielt sich für einige Sekunden erschrocken die Hand vor ihren Mund, bevor sie schließlich feststellte: „Dann hast du Ella Seelmann getötet?"

„Ja", antwortete Peter Maurer, nachdem er sich seiner leiblichen Mutter gegenüber auf die Tischkante niedergesetzt hatte. Er hob das Messer hoch und ließ dessen Klinge vor den Augen von Stefanie

Goldstein mehrmals im Kreis drehen. „Im Grunde genommen fehlt jetzt auch nur noch eine Person, um mein Vorhaben endgültig abzuschließen."

23. Kapitel

Beinahe zu Tode erschrocken schrie Stefanie Goldstein auf, als sie plötzlich das Krachen der Wohnzimmertüre vernahm. Innerhalb von Sekundenbruchteilen stürmten mehrere bewaffnete Personen in den Raum. Als Peter Maurer die Situation erfasst hatte, glitt er wie eine angriffslustige Schlange vom Tisch, zog die so nun vor ihm sitzende Frau mit seinem rechten Arm um ihren Oberkörper eng an sich heran und hielt ihr gleichzeitig das Messer an die Kehle.

„Niemand wird mich daran hindern, die Frau zu bestrafen, die mir siebenundzwanzig Jahre meines Lebens gestohlen hat", sprach er wutentbrannt, als er nacheinander in die auf sich gerichteten Pistolen blickte. Langsam erhob er sich und zog die Frau in seinem Arm mit sich hoch. „Ich werde jetzt mit meiner Mutter, nein, mit dieser Frau das Haus verlassen. Sollte einer von ihnen versuchen, uns aufzuhalten, werde ich ihr den Hals durchschneiden." Um seine Drohung zu untermauern, ritzte er seiner Geisel die Haut leicht unterhalb ihres Kehlkopfes an. Stefanie

Goldstein fühlte augenblicklich, dass es nass an ihrem Hals wurde. Starr vor Angst hielt sie die Luft an, weder zum Weinen noch zum Schreien fähig.

Robert Markowitsch stand hinter Achim Schachter und einem seiner Kollegen, nur wenige Schritte von den beiden Personen entfernt. „Sie haben keine Möglichkeit, hier herauszukommen", versuchte er den Mann zu überzeugen. „Draußen warten noch weitere Kollegen, die ebenfalls bewaffnet sind. Lassen sie ihre Mutter frei, bevor noch ein weiteres Unglück geschieht."

Peter Maurer zog Stefanie Goldstein noch enger an sich, kratzte erneut mit dem Messer an ihrer Haut, ohne sie jedoch wieder zu verletzen. „Vergessen sie es, Bulle", sprach er verächtlich. „Ich sehe nur eine einzige Möglichkeit, wie sie hier lebend rauskommt. Sie begleitet mich zum Auto und wir bekommen eine halbe Stunde Vorsprung. Anschließend werde ich sie laufen lassen."

Der Augsburger Hauptkommissar schüttelte verneinend den Kopf. „Das funktioniert in den wenigsten Fällen, das können sie sich doch denken. Wir haben bisher nur ein paar Sätze ihres Gesprächs mitbekommen. Das reicht allerdings, um sich auszumalen, dass sie ihre Mutter nicht lebend davonkommen lassen wollen. Also werden sie auch keine Möglichkeit zur Flucht bekommen."

„Darauf werde ich es ankommen lassen", meinte Peter Maurer mit spöttischem Unterton. Er hatte seine Augen weit aufgerissen, wild entschlossen, sein Vorhaben um jeden Preis durchzusetzen. „Und das hier", hob er beinahe triumphierend seine Hand, in der er das Messer hielt, „ist meine Versicherung." Er machte einen weiteren Schritt rückwärts in Richtung Terrassentüre, als er von dort einen Luftzug spürte. Stefanie Goldstein fest im Arm haltend drehte er seinen Kopf zur Seite und vernahm genau in diesem Augenblick das Krachen einer Pistole.

Der unmittelbar darauffolgende, stechende Schmerz in seinem Ellenbogen ließ seinen Arm wie gelähmt nach unten fallen, wodurch auch das Messer klirrend zu Boden fiel. Es dauerte nur einen Wimpernschlag, als Peter Maurer einen heftigen Stoß in seinem Rücken verspürte, einen Wutschrei ausstieß und sich sogleich mit schmerzverzerrtem Gesicht auf dem Boden wiederfand.

„Mordkommission Augsburg", vernahm er die Stimme des Mannes, der ihn zu Boden gerammt hatte. „Sie sind vorläufig festgenommen." Mit einem Blick auf Achim Schachter meinte er noch: „Schaff ihn hier raus, klär ihn über seine Rechte auf und lass ihn nach Augsburg ins Zentralklinikum bringen. Der Arm sieht nicht gut aus, aber ich konnte ihn vorher leider nicht fragen, wohin er die Kugel gerne hätte. Wir werden morgen nachfragen, bis wann er vernehmungsfähig ist. Wachschutz vor der Tür versteht sich von selbst."

„Einer von den Kollegen soll Frau Goldstein ins Krankenhaus begleiten und bleibt bei ihr bis zum Abschluss der ärztlichen Untersuchung", ordnete Robert Markowitsch noch an, nachdem er sich vom momentanen Zustand der Frau überzeugt hatte.

Als sich die Beamten der Augsburger Mordkommission circa eine halbe Stunde später von Achim Schachter verabschiedeten, bedankte sich der Leiter der Augsburger Kripo bei ihm. „Gerne geschehen", antwortete dieser, nachdem er den Handschlag erwidert hatte. Mit einem kurzen Blick auf Peter Neumann meinte er noch: „Es war riskant, in dieser Situation zu schießen. Hast du ihn mit Absicht in den Ellenbogen geschossen, oder war das eher Zufall?"

„Absicht", kam umgehend die Antwort des Kriminaloberkommissars. „Kennst du das Gefühl, das dich wie ein elektrischer Schlag durchfährt, wenn du dir irgendwo den Ellenbogen angeschlagen hast? Da meinst du glatt, dass dir von einem Moment auf den nächsten der Arm taub wird. Eine passendere Möglichkeit um ihn auszuschalten und dabei das Leben seiner Geisel nicht unnötig zu gefährden, sah ich in diesem Augenblick nicht. Dass er vielleicht Probleme mit seinem Arm haben wird, rechne ich dem Schicksal zu."

Robert Markowitsch hatte den kurzen Dialog zwischen seinem Kollegen und dem Leiter der Donauwörther Polizeiinspektion aufmerksam verfolgt. „Nun machen sie sich mal keine allzu großen Gedanken, Neumann. Das hier war ein Rettungsschuss in einer absoluten Notwehrkonstellation. Daraus wird ihnen niemand einen Strick drehen. Ich würde vorschlagen, dass wir uns jetzt erstmal auf den Heimweg machen, um noch etwas Schlaf zu bekommen. Alles Weitere besprechen wir dann am Vormittag. Noch einmal besten Dank für den Einsatz, Herr Schachter, wir halten sie auf dem Laufenden."

24. Kapitel

Das Fieber hielt Peter Maurer in einem tranceähnlichen Zustand gefangen. Wirre Bilder zogen an ihm vorbei. Ein Unfall auf der Autobahn bei Augsburg. Die Nachricht, dass seine Eltern ums Leben kamen. Er sah, wie sein Gesicht auf einem Computerbildschirm immer größer wurde, als würde er sich weiter und weiter in seine Augen hineinzoomen, um schließlich darin einzutauchen in eine Reise zu seinem eigenen Ich.

*

Jakob Goldstein, der im Kreise seiner Freunde vor allen nur Jack gerufen wird, sah sich nun schon zum fünften Mal auf der alljährlichen Geburtstagsparty wieder inmitten einer Horde von jungen Frauen. Manchmal konnte er dieses beinahe schon aufdringliche Anbieten weiblicher Reize nicht mehr ertragen. In den allermeisten Fällen war ihm klar, dass es die Damenwelt in erster Linie wohl auf sein später einmal zu erwartendes Erbe abgesehen hatte.

Kein Wunder, war er doch der einzige Sohn des äußerst erfolgreichen Immobilienmaklers Maximilian Goldstein. Nicht nur hier im Landkreis Donau-Ries, sondern auch weit darüber hinaus, hatten die Goldsteins in den letzten fünfundzwanzig Jahren ertragreiche Geschäfte mit Luxusanwesen getätigt. Dieser Ruf ging inzwischen sogar bis in alle Welt, sodass Max Goldstein sich sehr oft in aller Herren Länder aufhielt, um die Gelüste seiner finanzkräftigen Kundschaft zufriedenzustellen.

Das Ehepaar hatte nach dem erfolgreichen Abschluss von Jakobs Abitur beschlossen, dass der Junge erst einmal das Leben genießen und sich die Hörner abstoßen sollte, bevor er sein angestrebtes Architekturstudium beginnen würde. Dazu hatten sie ihm auch eine Maisonettwohnung im Härpferpark gekauft, die bei Bedarf in einigen Jahren auch wieder gewinnbringend veräußert werden könnte. Bis vor noch nicht allzu langer Zeit begleitete Jakob seine Eltern auf alle möglichen Veranstaltungen und Empfänge in den gehobenen Kreisen im In- und Ausland, bis er schließlich irgendwann den Entschluss für sich fasste, erst einmal eigene Kontakte innerhalb der jüngeren, aufstrebenden Generation zu knüpfen.

Jack hatte sich ein Bier geholt und in den letzten Minuten in eine Ecke des großen Wohnzimmers verzogen, in der Hoffnung, einen Augenblick Ruhe zu haben. Er lauschte den zum Teil aufgemotzten alten Schlagern aus den 60er und 70er Jahren, denn Oldies hatten die Gastgeber heute zum Motto des Abends erklärt. Genüsslich nahm er einen Schluck des kalten Getränkes aus der Flasche, als Cliff Richard musikalisch erklärte, dass man rote Lippen küssen sollte. Es überraschte den jungen Mann nicht besonders, als er aus den Augenwinkeln bemerkte, dass sich sogleich mehrere der anwesenden, zum Teil sehr aufreizend gekleideten jungen Damen auf ihn zubewegten. Er hatte jedoch absolut keine Lust, sich den beziehungswütigen Damen ausgeliefert zu sehen. Außerdem wollte er nicht gleichzeitig so viele von ihnen enttäuschen, indem er sich mit einer Einzigen von ihnen auf die provisorische Tanzfläche begab. So zog er es vor, zunächst einmal das Weite zu suchen, um sich an der frischen Luft etwas Abstand zu gönnen. Er zog kurz darauf die Terrassentüre hinter sich zu und atmete erst einmal die frische Nachtluft in seine Lungen.

Mit der Flasche in der Hand schlenderte er durch den großzügig angelegten Garten des Anwesens, wobei man hier wohl eher schon von einem kleinen Park sprechen konnte. Nachdem Jack allerdings befürchtete, dass ihn wohl die eine oder andere Partybesucherin nicht allzu lange hier draußen alleine lassen würde, begab er sich in Richtung des beleuchteten Grundstückeingangs. Hier vor der Einfahrt würde er sicherlich nicht so schnell entdeckt werden. Minutenlang lehnte er neben dem schmiedeeisernen Tor an der roten Backsteinmauer und leerte in aller Ruhe seine Bierflasche.

Als er sich wieder umwandte und sich auf den Weg zurückmachen wollte, vernahm er leise Schritte hinter sich. Jack blieb für einen Moment stehen, in der Annahme, dass sich wohl doch eines der Girls unbemerkt an ihn herangeschlichen hatte. Aus den Augenwinkeln erkannte er jedoch, dass es sich bei besagter Person um einen Mann handelte, der nun aus dem Halbschatten der Einfahrt auf ihn zutrat. Zunächst konnte er das Gesicht seines Gegenübers nicht genau erkennen, bis dieser nur mit wenig Abstand vor ihm stehenblieb. Jakob Goldstein, der an diesem Abend eine schwarze Hose und ein lässig geknöpftes weinrotes Hemd trug, starrte den vor ihm stehenden Unbekannten an. Seine Wahrnehmung schien ihm in diesem Moment wohl einen kleinen

Streich zu spielen, doch war er sich sicher, noch nicht allzu viel getrunken zu haben. Seine Augen wanderten mehrmals langsam an der Person von unten nach oben, blieben schließlich an deren Gesicht hängen. Jack schüttelte sich kurz in seiner momentanen Ungläubigkeit, denn er hatte das Gefühl, in einen Spiegel zu schauen.

So etwas war ihm noch nicht untergekommen. Vor ihm schien eine Kopie seiner selbst zu stehen. Nur langsam kehrten seine Gedanken wieder in die Realität zurück und mit sichtlicher Überraschung meinte er: „Darf ich fragen, was das soll? Was bedeutet dieser Aufzug?"

Ein zweideutiges Lächeln umspielte die Lippen seines Gegenübers, als er dessen Antwort vernahm. „Es bedeutet nichts Geringeres, als dass Jakob Goldstein vor Dir steht."

Jack glaubte sich verhört zu haben und beinahe schon belustigt stellte er klar: „Gelungener Partyscherz, mein Freund. Aber noch gibt es nur einen Jakob Goldstein und der bin ich."

„Da muss ich dich leider enttäuschen, Bruderherz", vernahm er die leise gesprochenen Worte des Mannes, der von einer Sekunde auf die nächste in die Hosentasche griff. Das Geräusch, welches die

Klinge aus dem Springmesser verursachte, vernahm Jack zunächst nur nebenbei, denn die eben gehörten, wie auch die folgenden Worte, waren der Grund für seine plötzlich einsetzende Panik. Er schüttelte nur mit dem Kopf, wusste nicht, ob er lachen oder schreien sollte.

„Wie ich eben schon erwähnte: Ich werde ab jetzt Jakob Goldstein sein. Stell Die vor, du bist tot, und keiner merkt es", waren die letzten Worte, die Jack in seinem Leben vernahm, denn er spürte in diesem Moment einen stechenden Schmerz in der Brust und sackte Sekunden später leblos zu Boden.

*

Vor Schreck riss Peter Maurer seine Augen auf, wusste im ersten Moment noch nicht, wo er sich befand. Die Hand der sich im Zimmer befindlichen Krankenschwester legte sich beruhigend auf seine Schulter und versuchte so zu verhindern, dass er versehentlich die Kabel und Schläuche beschädigte, mit welchen er an diversen Apparaturen angeschlossen war. Durch seine nun veränderten Vitalfunktionen wurde ein entsprechendes Signal an die Leitung der Intensivstation ausgegeben. Nur Augenblicke später hatten sich auch schon zwei Ärzte und eine Schwester am Bett des Patienten eingefunden, kontrollierten die Werte auf den Geräten und in der zugehörigen Dokumentation.

„Schön, dass wir sie wieder bei uns haben, Herr Maurer", vernahm dieser die Stimme aus dem Mund eines Arztes. „Es wird noch ein paar Minuten dauern, bis ihre Orientierung zurück ist, aber das wird schon. So wie es aussieht, haben sie die kritische Phase sehr gut überstanden. Ab jetzt sollte es wieder bergauf gehen."

Peter Maurer fühlte sich etwas benommen und fand nur langsam in die Gegenwart zurück. Er blinzelte mehrfach mit den Augen, versuchte dadurch, die restlichen Nebelschleier zu vertreiben. „Was ist passiert?", brachte er mühsam die ersten Worte hervor, während er auf seinen ruhiggestellten, verbundenen Arm sah. Nur mühsam kamen ihm vereinzelt Bilder ins Gedächtnis, die er jedoch noch in keinen geordneten Zusammenhang bringen konnte.

„Sie wurden bei einem Polizeieinsatz angeschossen", erklärte der Arzt. „Wir mussten ihnen eine Kugel aus dem Ellenbogen entfernen. Es war nicht ganz unkompliziert, aber wir konnten den Eingriff letztendlich erfolgreich durchführen. Leider gab es bei der Narkose einen unerwarteten Zwischenfall, sodass wir sie zweimal reanimieren mussten. Damit sich ihr Körper besser erholen kann, hatten wir sie im Anschluss für zwei Tage in einen künstlichen Tiefschlaf versetzt. Keine Sorge, im Moment deutet nichts darauf hin, dass es körperliche Folgeschäden gibt. Genau können wir das aber erst nach ein paar weiteren Untersuchungen sagen. Jetzt kommen sie erstmal ganz zu sich, wir sehen uns später wieder. Sollten sie etwas brauchen, geben sie der Schwester über die Rufglocke Bescheid."

Mit diesen Worten verließen die beiden Ärzte das Zimmer, während die Schwester noch einige Routinegriffe durchführte.

Peter Maurer erkannte durch das große Fenster gegenüber seinem Bett, dass sich vor dem Zimmer eine uniformierte Person aufhielt. Er legte sich zurück, starrte an die Decke und während er versuchte, sich an Einzelheiten zu erinnern, fielen ihm wieder die Augen zu.

Das nächste Erwachen kam ihm bereits leichter vor, zumindest körperlich gesehen. Peter verspürte Hunger, entdeckte ein Tablett auf der Ablage seines Nachttisches und versuchte, sich aufzurichten. Da er ja nur einen Arm gebrauchen konnte, gestaltete sich dies etwas umständlich. Körperliche Einschränkungen war Peter Maurer bisher nicht gewohnt. Er läutete nach der Schwester, die kurz darauf die Türe öffnete und ins Zimmer trat.

Hinter ihr erkannte Peter die Gestalt des Polizisten, der sich kurz ein Bild zu machen schien, sich sogleich wieder zurückzog und begann, zu telefonieren. Peter Maurer bat die Schwester darum, ihm beim Aufsetzen behilflich zu sein, damit er etwas essen konnte. Noch am Nachmittag wurde er darüber informiert, dass er schon am darauffolgenden Tag aufgrund eines richterlichen Beschlusses in eine Krankenabteilung der JVA München-Stadelheim überführt werden würde. Vorher stehe jedoch noch eine Vernehmung durch die Augsburger Mordkommission und den zuständigen Oberstaatsanwalt aus.

*

Oberstaatsanwalt Frank Berger, sowie die beiden ermittelnden Beamten der Augsburger Mordkommission KHK Robert Markowitsch und KOK Peter Neumann befanden sich auf dem Weg ins Zentralklinikum. „Das war mal wieder ein ganz schönes Stück Arbeit, meine Herren", meinte Frank Berger.

„Wer konnte zu Beginn denn schon damit rechnen, dass es sich um einen Zwilling handelt, von dessen Existenz nicht einmal der Bruder selbst etwas gewusst hatte."

„Das Schicksal geht ja manchmal schon seltsam bizarre Wege", antwortete Robert Markowitsch. „Da sind wir auch schon mal auf etwas Glück bei unseren Ermittlungen angewiesen."

„Und heutzutage natürlich auch auf die moderne Technik", gab Peter Neumann zu bedenken. „Hätte Jakob Goldstein seinen teuren Sportwagen nicht mit einem GPS-Tracker ausgestattet, wären wir wohl noch für eine ganze Zeitlang im Dunklen getappt. So war es dann doch relativ schnell möglich festzustellen, dass der Wagen mit Peter Maurer mit seinem Vater vom Münchener Airport über die Raststätte Augsburg Ost an die Grünbrücke gefahren war, wo man schließlich Maximilian Goldsteins Leiche entdeckt hatte."

„Erinnern sie mich bloß nicht an diese Nacht", warf Robert Markowitsch ein. „Den Anblick einer von Wildschweinen angefressenen Leiche muss ich nicht nochmal haben. Dass man anhand der Ortungsdaten des Wagens auch noch feststellen konnte, wo Peter Maurer die Leiche seines Bruders vergraben hatte, lässt die heutige Technik schon als kleinen Segen dastehen. Auch wenn ich selbst so gut wie nichts damit anfangen kann."

„Dafür haben sie ja mich, Chef", antwortete der Kriminaloberkommissar mit einem Lächeln. „Bei der Datenauswertung war mir aufgefallen, dass sich der Sportwagen ziemlich oft in einem Waldstück bei Zirgesheim aufgehalten hatte. Laut der Donauwörther Kollegen gibt es dort aber weder einen Badesee, noch einen Grillplatz oder sonst irgendetwas, das die häufigen Aufenthalte sinnvoll rechtfertigen würde. Wir haben das Gelände mit Spürhunden absuchen lassen, wobei schließlich der Tote gefunden wurde."

„Den Mord an der alten Hebamme aus dem Donauwörther Pflegeheim konnte Herr Zacher ja durch seine DNA-Testreihen mit den Hautresten unter den Fingernägeln der Toten nachweisen", meinte Frank Berger noch. „Außerdem wurde der Zusammenhang in dieser Geschichte durch die Unterlagen, die Frau Goldstein im Tresor gefunden hatte, bestätigt. Man wird zusätzlich prüfen, ob sie in dieser Hinsicht noch strafrechtlich belangt werden kann."

Als die drei Männer schließlich nacheinander das

Patientenzimmer von Peter Maurer betraten, erkannten sie nur Reglosigkeit in dessen Gesicht. Ihm wurde wohl in diesem Augenblick bewusst, dass ab jetzt eine äußerst unangenehme Zeit in seinem Leben anbrechen würde.

Ende

Auf den folgenden Seiten finden sie weitere
Taschenbücher von Günter Schäfer

Günter Schäfer

Tod
auf
dem
Daniel

296 Seiten   11,90 €
ISBN-13:   9783746014555

208 Seiten   12,90 €
ISBN-13:   978-3837054163

Günter Schäfer

Endstation Alte Bastei

204 Seiten   12,50 €

ISBN-13:   978-3848225644

Günter Schäfer

Der
Rain - Fall

Eine Kriminalgeschichte aus der Stadt am Lech

204 Seiten   12,50 €

ISBN-13:   978-3732285112

Günter Schäfer

Unser Lehrer hat 'nen Vogel !

Eine Kriminalgeschichte aus Nördlingen

136 Seiten   8,90 €
ISBN-13:   978-3842384118

160 Seiten   9,90 €
ISBN-13:   978-3831149100

Günter Schäfer

Der Henker
von Nördlingen

Ein Krimi aus der Riesmetropole

228 Seiten   9,90 €
ISBN-13:   978-3738650006

Die Nördlinger
Krimi-Trilogie

Tod auf dem Daniel

Endstation Alte Bastei

Der Henker von Nördlingen

Günter Schäfer

548 Seiten   22,50 €
ISBN-13:   978-3738650181

Drohnenflug

Ein Donau-Ries-Krimi

von Günter Schäfer

220 Seiten   9,90€

ISBN-13:   9783743192447